我的第一本
中高齡
日語課本

全MP3音檔下載導向頁面

http://www.booknews.com.tw/mp3/9789864543151.htm

iOS系統請升級至iOS 13後再行下載
全書音檔為大型檔案，建議使用WIFI連線下載，以免占用流量，
並確認連線狀況，以利下載順暢。

使用說明

<ruby>本書<rt>ほんしょ</rt></ruby>の<ruby>使<rt>つか</rt></ruby>い<ruby>方<rt>かた</rt></ruby>

第1章 開始學習50音

　　日語的全部字母都會在此章節內介紹，內容包括羅馬拼音、中文的相似音、台語的相似音、寫法、筆順、範例單字。其中要特別注意的是中文和台語的相似音和實際的發音不一定會完全相同，請搭配該單元的 MP3 發音示範來學習正確的發音，可以播放本書最後面附上的光碟，也可以用手機掃描 QR 碼，隨刷隨聽。

　　另外，日語有平假名和片假名兩種寫法，有些單字習慣用片假名表示，有些單字習慣用平假名表示，本章節會提供兩種範例。

　　有些發音沒有相似音，或是沒有適合的單字示範時，會以「X」表示。

第2章 日語的基礎運用

本章節介紹日語的慣用語、基礎文法、日常會話,學習目標在於能夠用日語自我介紹、打招呼、做基礎的會話。

範例句型之中,用不同底色標示出來的字表示你可以自行套入你想要講的話,像是「私は夏子です。」的意思是「我是夏子」,所以我們在實際使用這個句型時,就要把「夏子」改成自己的名字。

第3章 常見單字片語

此章節會介紹各種到日本時可能會用上的例句和單字,包括到機場報到,或是觀光旅遊時可能用到或見到的各種話語。

2 の/は〜です。
~的~/是~。

表示說明 AはBです。A是B。

代名詞A	助詞:主題	名詞B	斷定助動詞,表肯定
私	は	夏子	です。
我	X	夏子	是

「AはBです」是所有日語初學者第一個會學到句型。日語句型的結構,通常都是一個名詞(例:私)黏著一個助詞(例:は),最後再用「です」一類的表現結尾,將句子做一個「定論」的總結,而這句話的定論就是「肯定」,也就是說明這個人「是」夏子,不是否定,也不是「問」是不是夏子。另外,「助詞」是輔助前面搭配的詞的定義,例如這個句型,助詞「は」用途在於表現出「主題」是什麼,所以這句話的主題是「私」,那要說明的是什麼呢?是「是夏子(肯定句)」這個事實。另外,「は」如果是助詞,會念「wa」。

私は夏子です。
wa ta shi wa na tsu ko de su.
我是夏子。

47

02 | 路上

A 常見片語:關於交通及地點

① 問路

01. 池袋駅はどこですか。
i ke bu ku ro e ki wa do ko de su ka.
池袋車站在哪裡?

02. ここから一番近いバス停はどこですか。
ko ko ka ra i chi ba n chi ka i ba su te i wa do ko de su ka.
離這裡最近的公車站在哪裡?

03. どうやって清水寺に行きますか。
do u ya t te ki yo mi zu te ra ni i ki ma su ka.
怎麼到清水寺呢?

04. これ、新宿行きの電車ですか。
ko re, shi n ju ku yu ki no de n sha de su ka.
這個,是往新宿的電車嗎?

② 與路人、服務員溝通

05. もう一度言ってもらえますか。
mo u i chi do i t te mo ra e ma su ka.
可以再講一次嗎?

140

目錄

06 形容詞：生活常用形容詞、觀光常用形容詞

第 3 章　常見單字片語

附錄　解答

第一章
開始學習五十音

01 | 清音

　　清音有五十個音，加上一個鼻音共五十一個，扣除過時廢除的音，剩下四十六個。日語所有的單字、句子到文章，都是用這四十六個音，加上各種變化組合而成的。

MJ_1_1.mp3

用智慧型手機的 QR 碼掃描程式掃描左圖，就可以馬上下載播放所有清音的發音示範。

隨書附贈的光碟裡面也有同樣的 MP3 檔案，記發音時可以跟著音檔邊聽邊念，很快就記得住。

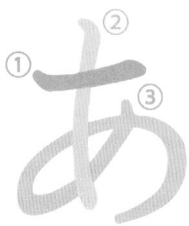

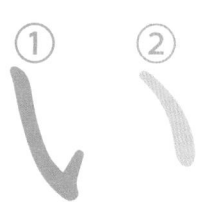
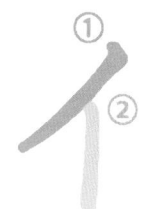

羅馬拼音	a	中文相似音	阿
平假名寫法		片假名寫法	
①略往右上斜 ②中間偏右畫一條微曲線 ③第三劃穿過第二劃打一個像「の」的圓		①第一劃轉角處小於 45 度角 ②畫一條頭不黏在第一劃上的曲線	
平假名單字		片假名單字	
挨拶 あいさつ	a i sa tsu	アニメ	a ni me
	打招呼		卡通動畫
相席 あいせき	a i se ki	アメリカ	a me ri ka
	併桌		美國

羅馬拼音	i	中文相似音	伊
		台語相似音	他
平假名寫法		片假名寫法	
①第一劃轉角處勾起，不需太長 ②第二劃比第一劃短，呈現短曲線		①第一劃自然地畫一條曲線 ②第二劃與第一劃相連畫一條豎直的線	
平假名單字		片假名單字	
犬 いぬ	i nu	イタリア	i ta ri a
	狗		義大利
田舍 いなか	i na ka	オイル	o i ru
	鄉下		油

羅馬拼音	u	中文相似音	烏
		台語相似音	有

平假名寫法	片假名寫法
①第一劃是類似不長不短的逗點 ②第二劃類似畫一個耳朵，偏長	①第一劃是短豎直線 ②第二劃在左數四分之一處畫一條短豎直線 ③第三劃橫線要寬長，下撇的曲線需飽滿

平假名單字		片假名單字	
歌 (うた)	u ta	ウニ	u ni
	歌曲		海膽
海 (うみ)	u mi	ウクレレ	u ku re re
	海		烏克麗麗

羅馬拼音	e	中文相似音	欸
		台語相似音	他「的」東西

平假名寫法	片假名寫法
①第一劃要像頓點略長 ②寫一個急轉折角的「7」，接著回筆時要重疊再畫波浪	①一條橫直線 ②一條豎直線，但不要過長 ③與第一劃平行的橫直線，但要更長些

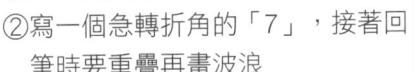

平假名單字		片假名單字	
駅 (えき)	e ki	エアコン	e a ko n
	車站		空調
餌 (えさ)	e sa	エアメール	e a me e ru
	飼料		航空郵件

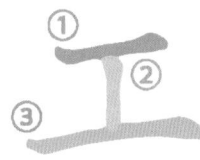

羅馬拼音	o	中文相似音	歐
		台語相似音	「黑」的

平假名寫法	片假名寫法
①第一劃向右上斜，並短，整體位置偏左 ②第二劃先直線後打一個圓，收尾不可低於豎線 ③最後頓點約在第一劃右上位置	①第一劃是一個中等大小橫線 ②第二劃畫一條豎直線，線尾要勾起

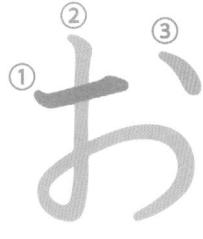

平假名單字		片假名單字	
男 (おとこ)	o to ko	カラオケ	ka ra o ke
	男人		卡拉 OK
お酒 (さけ)	o sa ke	カカオ	ka ka o
	酒		可可樹

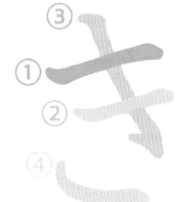

羅馬拼音	ka	中文相似音	咖
		台語相似音	腳

平假名寫法	片假名寫法
①第一劃轉彎要有弧度 ②第二劃打一個微彎的長線 ③第三劃畫一條略長的曲線，非頓點	①第一劃第一個折角有稜有角，線尾勾起 ②打一個曲線

平假名單字		片假名單字	
蚊	ka	カメラ	ka me ra
	蚊子		相機
柿	ka ki	カート	ka a to
	柿子		手推車

羅馬拼音	ki	中文相似音	X
		台語相似音	受「氣」

平假名寫法	片假名寫法
①第一劃為右上微曲線 ②第二劃與第一劃平行，但略長 ③第三劃穿過第一、二劃，右撇，可勾起或連續第四劃 ④第四劃可連接第三劃或獨立打個半個橢圓	①第一劃向右上略斜一條直線 ②第二劃與第一劃平行，但略長 ③第三劃左上至右下直直穿過一、二劃寫下

平假名單字		片假名單字	
木	ki	キロ	ki ro
	樹木		公斤
着物	ki mo no	キウイ	ki u i
	和服		奇異果

羅馬拼音	ku	中文相似音	哭
		台語相似音	蹲

平假名寫法	片假名寫法
劃一個像注音符號的「ㄑ」，但轉角需圓潤。	①第一劃撇下一個短的微曲線，開頭要凸出第二劃的開頭 ②第二劃轉折處要有稜有角

平假名單字		片假名單字	
靴	ku tsu	クラス	ku ra su
	鞋子		班級
雲	ku mo	クリスマス	ku ri su ma su
	雲朵		聖誕節

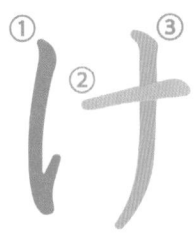

羅馬拼音	ke	中文相似音	X
		台語相似音	「客」廳

平假名寫法	片假名寫法
①在整體邊緣畫一條曲線，線尾可勾可不勾 ②畫一條略為上揚的橫短線 ③穿過第二劃下拉一條直線，直到尾端稍微彎曲	①自然撇一條不太彎曲的短線 ②開頭黏著第一劃中間拉一條橫直線，要長 ③開頭黏著第二劃中間下撇一條短線

平假名單字		片假名單字	
時計	to ke i 時鐘	ケーキ	ke e ki 蛋糕
竹	ta ke 竹子	ケータイ	ke e ta i 手機

羅馬拼音	ko	中文相似音	摳
		台語相似音	「苦」瓜

平假名寫法	片假名寫法
①第一劃劃一條橫線，可微彎或保持直線，線尾可勾也可不勾 ②由左到右畫一條有弧度的微笑曲線，但線頭不可與第一劃相連	①直角必須方正，橫線直且略寬 ②與第一劃平行，不可凸出第一劃

平假名單字		片假名單字	
恋	ko i 戀愛	コート	ko o to 大衣
鯉	ko i 鯉魚	コーヒー	ko u hi i 咖啡

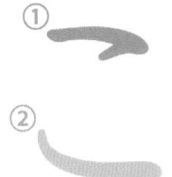
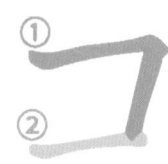

羅馬拼音	sa	中文相似音	撒
		台語相似音	「殺」必死

平假名寫法	片假名寫法
①一條微彎向上的曲線 ②微彎下撇的曲線，線尾可勾或不勾 ③開頭畫一條圓潤的斜曲線，線頭可和第二劃連接	①一條橫直線 ②一條短豎線 ③先拉一條向下直線直到尾端帶出曲線

平假名單字		片假名單字	
刺身	sa shi mi 生魚片	サービス	sa a bi su 服務
桜	sa ku ra 櫻花	サイズ	sa i su 尺寸

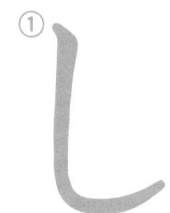

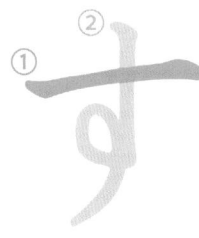

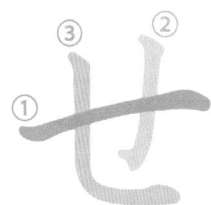
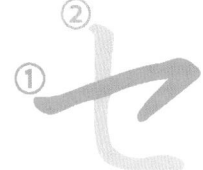

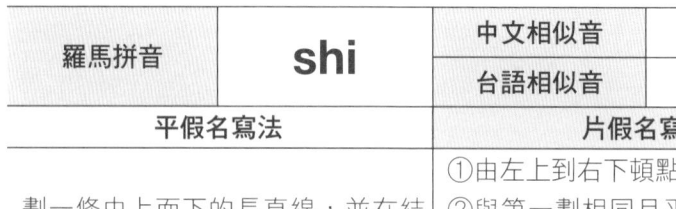

羅馬拼音	shi	中文相似音	西
		台語相似音	「西」瓜

平假名寫法	片假名寫法
劃一條由上而下的長直線，並在結尾處畫出一個圓潤的曲線向上拉	①由左上到右下頓點 ②與第一劃相同且平行，正體位置略往前些 ③由左下到右上提起一條曲線

平假名單字		片假名單字	
鹿 _{しか}	shi ka 鹿	システム	shi su te mu 系統
塩 _{しお}	shi o 鹽巴	ロシア	ro shi a 俄羅斯

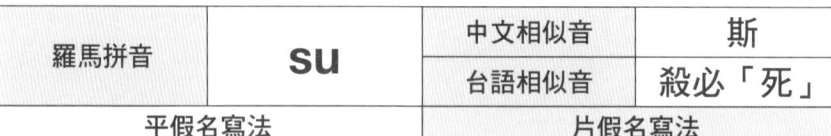

羅馬拼音	su	中文相似音	斯
		台語相似音	殺必「死」

平假名寫法	片假名寫法
①向上稍斜的橫線 ②從上拉直線下來，在中間處往左打一個圈，圓圈收回時要重疊在直線上後繼續下拉一個微曲線。	①拉一條中等橫線並轉折下撇一個曲線 ②線頭黏著第一劃中間畫出一條與第一劃剛好相反的曲線

平假名單字		片假名單字	
すし	su shi 壽司	スイス	su i su 瑞士
すいか	su i ka 西瓜	スーパー	su u pa a 超市

羅馬拼音	se	中文相似音	X
		台語相似音	「逛」街

平假名寫法	片假名寫法
①一條稍右斜上的直線 ②一條穿過第一劃的短直線，需回勾 ③寫一個轉角渾圓的「L」，橫線需稍長	①畫一條向右上斜線，並折角勾回，回勾需長 ②寫一個轉角有稜有角的「L」，橫線需稍長

平假名單字		片假名單字	
席 _{せき}	se ki 座位	センチ	se n chi 公分
背広 _{せびろ}	se bi ro 西裝	セーター	se e ta a 毛衣

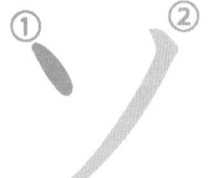
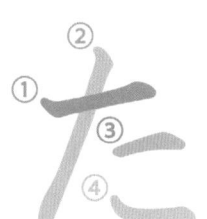

羅馬拼音	so	中文相似音	搜
		台語相似音	葬禮樂隊 西「索」米

平假名寫法	片假名寫法
一體成型，第二條橫線要比第一條長，最後迴筆需飽滿。	①由左上向右下頓點 ②從右上向左下下撇

平假名單字		片假名單字	
空 (そら)	so ra	ソフト	so hu to
	天空		軟體
祖父 (そふ)	so hu	ソース	so o su
	祖父		醬料

羅馬拼音	ta	中文相似音	他
		台語相似音	「榻」榻米

平假名寫法	片假名寫法
①在整體左側畫一條短橫線 ②穿過第一劃下撇一條曲線 ③在第一劃下 1/3 處畫一個上曲線 ④在第三劃下面畫一個下曲線，③④其實與平假名「こ」相似	①右上到左下下撇一條短線 ②線頭黏著第一劃畫出一條折角小的「7」 ③在第三劃的下撇線中間頓一條短線，要超過第二劃

平假名單字		片假名單字	
たれ	ta re	タクシー	ta ku shi i
	調料		計程車
たこ	ta ko	タイ	ta i
	章魚		泰國

羅馬拼音	chi	中文相似音	七
		台語相似音	「七」逃

平假名寫法	片假名寫法
①左至右上一條線，不需太斜 ②往左下下撇，並在整體文字的一半迴筆一個倒「C」，「C」需燒寬扁	①由右上往左邊略低下撇 ②畫一條橫直線 ③線頭和第一劃正中間相連下撇一條微彎的直線

平假名單字		片假名單字	
父 (ちち)	chi chi	チキン	chi ki n
	父親		雞
家 (うち)	u chi	チーム	chi i mu
	家		團隊

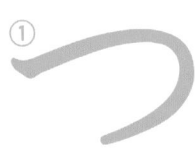
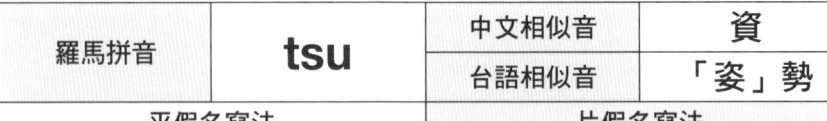

羅馬拼音	tsu	中文相似音	資
		台語相似音	「姿」勢

平假名寫法	片假名寫法
由左畫一個倒「C」，形狀需扁平飽滿，收尾處不能超出線頭位置	①左上到右下頓點 ②同第一劃再一個頓點，位置比第一劃再右上些 ③從右上到左下下撇一條長長的曲線

平假名單字		片假名單字	
杖（つえ）	tsu e	ツインルーム	tsu i n ru u mu
	拐杖		雙人房
妻（つま）	tsu ma	ツナ	tsu na
	妻子		金槍魚

羅馬拼音	te	中文相似音	X
		台語相似音	偷「拿」

平假名寫法	片假名寫法
一筆成形，往右上畫一橫線，迴筆時重疊橫線到中間後轉彎成一個飽滿的「C」	①畫一條橫直線 ②畫一條比第一劃還長的橫直線 ③從第二劃正中間下筆向下撇

平假名單字		片假名單字	
手（て）	te	テーマ	te e ma
	手		主題
家庭（かてい）	ka te i	テスト	te su to
	家庭		測驗

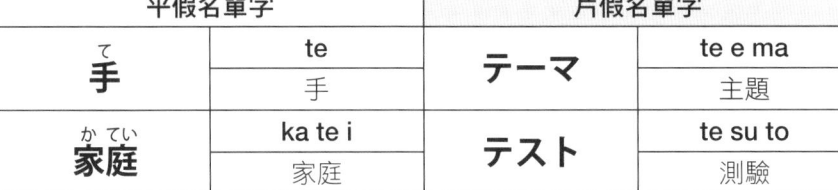
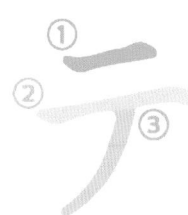
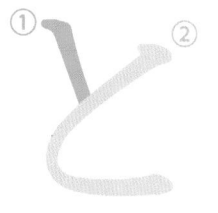

羅馬拼音	to	中文相似音	偷
		台語相似音	「花」生

平假名寫法	片假名寫法
①畫一條向右下的短曲線 ②寫一個開口右上的「C」，「C」需略扁平，並和第一劃連接	①畫一豎直線 ②從第一話直線中間下筆，向右下微微頓一條線

平假名單字		片假名單字	
時計（とけい）	to ke i	トロ	to ro
	時鐘		鮪魚
いとこ	i to ko	トマト	to ma to
	堂/表兄弟姐妹		番茄

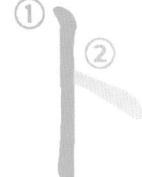

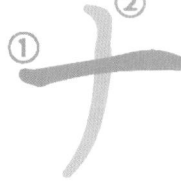

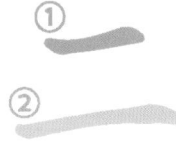

羅馬拼音	**na**	中文相似音	哪
		台語相似音	「塌」鼻子

平假名寫法	片假名寫法
①向右上微畫一條短曲線 ②穿過第一劃中間向左下撇 ③在第二劃線尾頓一個點 ④打一個圈，但線尾不可向下拉長　變成「す」	①畫一橫直線 ②由正上方向下拉直線到整體字　1/3 時向左撇曲線

平假名單字		片假名單字	
ナイフ	na i fu	梨（なし）	na shi
	刀子		梨子
コーナー	ko o na a	夏（なつ）	na tsu
	專櫃		夏天

羅馬拼音	**ni**	中文相似音	你
		台語相似音	「染」頭髮

平假名寫法	片假名寫法
①在左側畫一條由上而下的曲線，　收筆可勾可不勾 ②由左而右畫條微向上弧線 ③由左而右畫條微向下弧線，要比　第二劃長些，寫得像「こ」	①畫一條橫直線 ②畫一條與第一劃平行的橫直線，　並稍長

平假名單字		片假名單字	
庭（にわ）	ni wa	テニス	te ni su
	庭院		網球
肉（にく）	ni ku	スニーカー	su ni i ka a
	肉		運動鞋

羅馬拼音	**nu**	中文相似音	奴

平假名寫法	片假名寫法
①偏左側畫一條左上到右下的曲線 ②從第一劃的右邊偏高開始往左下　撇，交叉後再往上轉圈，再次穿　過第一劃和自己後於右方往內　轉，最後再打一個小圈。	①畫一條角度小的「7」，且轉角後　線條要略彎 ②準備寫一個像「又」的字，但下　筆時不需和第一劃連在一起，只　需「頓」一條稍長的線，不是用　「捺」的。

平假名單字		片假名單字	
布（ぬの）	nu no	カヌー	ka nu u
	布		獨木舟
飼い主（かぬし）	ka i nu shi	アイヌ	a i nu
	飼主		愛奴族

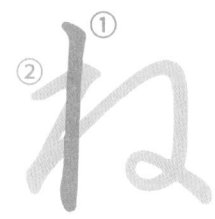

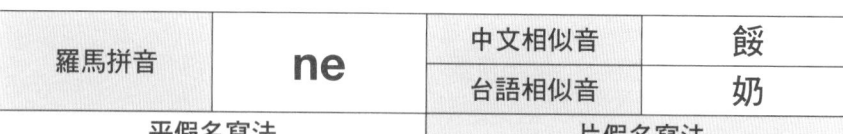

羅馬拼音	ne	中文相似音	餒
		台語相似音	奶

平假名寫法	片假名寫法
①在中間偏左畫一豎直線 ②由左至右畫一條短線超出豎直線一點，接著折彎向左下撇後，往回打圓繞回時再打一個小圓。	①一個頓點 ②一個角度小的「７」，橫線要寬 ③在「７」的下撇處中間畫一條豎直線 ④右側頓一條稍長的線，線頭不能與其他連住。整體寫得像部首「ネ」

平假名單字		片假名單字	
猫 _{ねこ}	ne ko	ネクタイ	ne ku ta i
	貓		領帶
熱 _{ねつ}	ne tsu	コネ	ko ne
	發燒		走後門

羅馬拼音	no	中文相似音	譨

平假名寫法	片假名寫法
在正中間上方往左下撇並上繞一圈到右方，線尾不可與剛剛的線連住。	由右上往右下緩緩一撇

平假名單字		片假名單字	
飲み物 _の _{もの}	no mi mo no	ノート	no o to
	飲料		筆記本
乗り物 _の _{もの}	no ri mo no	ノーコメント	no o ko me n to
	交通工具		無可奉告

羅馬拼音	ha	中文相似音	哈

平假名寫法	片假名寫法
①由上到下畫一條微曲線，線尾可回勾 ②右上位置畫一條短的些微微笑曲線 ③由上到下畫一豎直線到底後打一個圓，線尾留在右下，不可向下拉長，否則像「す」	①下撇一條曲線 ②由左上到右下畫一條弧線，不可像寫「八」一樣弧線向內凹

平假名單字		片假名單字	
母 _{はは}	ha ha	ハンカチ	ha n ka chi
	母親		手帕
花 _{はな}	ha na	ハム	ha mu
	花		火腿

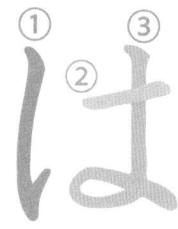

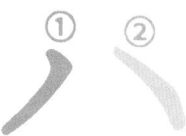

羅馬拼音	hi	中文相似音	X
		台語相似音	魚
平假名寫法		片假名寫法	
在左側向上拉一個曲線並下拉畫一個「U」，「U」要飽滿且重心偏左，收筆時再拉一短曲線結束		①在左方中間處下筆往右上畫一條微微笑線 ②在第一劃線頭正上方下拉一條直線，寫一個「L」，橫線要寬	
平假名單字		片假名單字	
火 ひ	hi	ヒール	hi i ru
	火		鞋跟
雛 ひな	hi na	コーヒー	ko o hi i
	雛鳥		咖啡

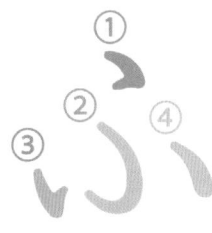

羅馬拼音	fu/hu	中文相似音	呼/夫
		台語相似音	「府」城
平假名寫法		片假名寫法	
①正上方頓點，收尾可勾或不勾 ②頓點下方畫一條「S」或倒「C」，要飽滿 ③左頓一點 ④右頓一點		畫一橫線要寬，再撇回一條曲線	
平假名單字		片假名單字	
船 ふね	fu ne	フランス	fu ra n su
	船		法國
封筒 ふうとう	fu u to u	フロント	fu ro n to
	信封袋		服務台

羅馬拼音	he	中文相似音	黑
平假名寫法		片假名寫法	
畫一個像注音的「ㄟ」，但上揚的線要比注音的更長，轉角要略圓潤，向下的線不可像注音的線條用「納」的，也就是變成曲線		同平假名，只是轉角要有稜有角	
平假名單字		片假名單字	
臍 へそ	he so	ヘア	he a
	肚臍		頭髮
部屋 へや	he ya	ヘアスタイル	he a su ta i ru
	房間		髮型

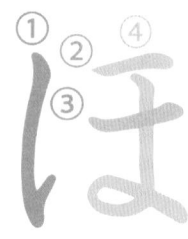

羅馬拼音	ho	中文相似音	齁
		台語相似音	「給」他花

平假名寫法	片假名寫法
①畫一條曲線，線尾可勾或不勾 ②右上畫一條中等橫線 ③與第二劃平行，畫一條更長些的橫線 ④從第二劃的正中間下拉直線到底後打一個圈，線尾不可向下掉變成「す」	①畫一條寬橫線 ②從正上方畫一條豎直線，線尾可勾或不勾 ③左頓一條短線 ④右頓一條短線，左右兩條都不可與其他線連在一起

平假名單字		片假名單字	
星 ほし	ho shi	ホテル	ho te ru
	星星		飯店
本 ほん	ho n	ホットミルク	ho t to mi ru ku
	書		熱牛奶

羅馬拼音	ma	中文相似音	媽
		台語相似音	「麻」煩

平假名寫法	片假名寫法
①一條微曲線 ②比第一劃稍短的微曲線 ③一豎直線，在底端打個圈	①一寬橫線並折角到正中間 ②在第一劃尾部頓一條中等線

平假名單字		片假名單字	
前 まえ	ma e	マスク	ma su ku
	前面		口罩
祭り まつ	ma tsu ri	マーク	ma a ku
	祭典		標誌

羅馬拼音	mi	中文相似音	咪
		台語相似音	歹「物」仔

平假名寫法	片假名寫法
①畫一條短橫線後下撇打個圓往右拉長 ②在第一劃尾端撇短線呈現交叉樣貌	①頓一條中等長度線 ②與第一劃相同且平行 ③與第一、二劃略長，並平行

平假名單字		片假名單字	
耳 みみ	mi mi	ミス	mi su
	耳朵		失誤
蜜柑 みかん	mi ka n	ミルク	mi ru ku
	橘子		牛奶

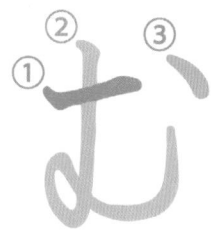

羅馬拼音	mu	中文相似音	母
		台語相似音	「不」好

平假名寫法	片假名寫法
①畫一條短橫線 ②穿過第一劃打直線並在中間打個小圈後重疊往下拉，與寫「す」相同，到底時收尾寫成一個略寬的「し」 ③第一、二劃線尾交界空白處頓一點	①寫一個角度略小的「し」 ②在第一劃線尾頓一點，像寫注音「ム」

平假名單字		片假名單字	
胸 (むね)	mu ne 胸部	ムース	mu u su 慕斯
村 (むら)	mu ra 村子	ムスリム	mu su ri mu 伊斯蘭教徒

羅馬拼音	me	中文相似音	每

平假名寫法	片假名寫法
①左上到右下一條短曲線 ②向左下撇，穿過第一劃的線尾後拉起向右畫一個半圓	①撇一長線 ②在第一劃中間頓一稍長線

平假名單字		片假名單字	
名刺 (めいし)	me i shi 名片	メモ	me mo 便條
雨 (あめ)	a me 雨	メール	me e ru 郵件

羅馬拼音	mo	中文相似音	謀
		台語相似音	毛

平假名寫法	片假名寫法
①寫一個「し」 ②在第一劃略上方畫一短橫線 ③再畫一條平行再長一點的橫線	①畫一短橫線 ②畫一條跟上述平行但略長的橫線 ③在第一劃正中間不凸出線起頭寫一個「し」

平假名單字		片假名單字	
桃 (もも)	mo mo 桃子	モカ	mo ka 摩卡咖啡
紐 (ひも)	hi mo 繩子	ユーモア	yu u mo a 幽默

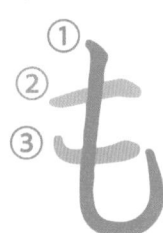
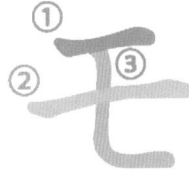

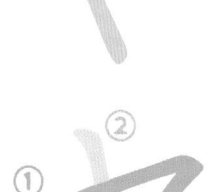

羅馬拼音	**ya**	中文相似音	呀
		台語相似音	「或」是
平假名寫法		片假名寫法	
①畫一個非常扁的倒「C」，但收尾僅到中間為止 ②在圓上面點一點 ③從左上往右下畫一曲線		①往右上畫一直線後折角收回 ②從左上到右下畫一直線	
平假名單字		片假名單字	
山 (やま)	ya ma	タイヤ	ta i ya
	山		輪胎
野菜 (やさい)	ya sa i	ヤンキー	ya n ki i
	蔬菜		不良少年少女

羅馬拼音	**yu**	中文相似音	X
		台語相似音	醬「油」
平假名寫法		片假名寫法	
①畫一豎曲線後回收打一個大圓 ②在大圓正上方穿過大圓畫一曲線		①畫一個 90 折角且長度一樣的「7」 ②畫一橫線，要與第一劃豎直線相連，橫線要長	
平假名單字		片假名單字	
冬 (ふゆ)	hu yu	ユニコーン	yu ni ko o n
	冬天		獨角獸
浴衣 (ゆかた)	yu ka ta	ユニホーム	yu ni ho o mu
	浴衣		制服

羅馬拼音	**yo**	中文相似音	又
平假名寫法		片假名寫法	
①從正上方往右畫一短橫線 ②從正上方向下畫一豎直線到底後打個圓，尾端不可下拉變成「す」		①畫一條 90 度角的「7」 ②正中間與第一劃橫線平行劃橫線到第一劃豎線，但不可突出 ③同第二劃一樣再畫一條平行橫線	
平假名單字		片假名單字	
夜 (よる)	yo ru	ヨセフ	yo se hu
	夜晚		（聖經）約瑟夫
花嫁 (はなよめ)	ha na yo me	ヨーヨー	yo o yo o
	新娘		溜溜球

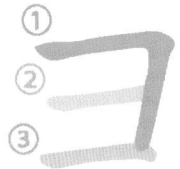

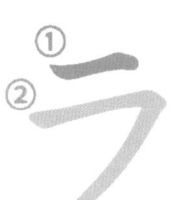

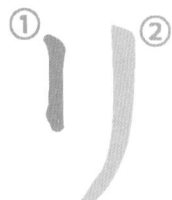

羅馬拼音	**ra**	中文相似音	拉
平假名寫法		片假名寫法	
①正上方頓一頓點 ②左方下拉一條曲線後迴筆畫一個倒「C」，但「C」要略扁但飽滿		①在上方畫一恰當的橫線 ②在第一劃下方畫一條稍長的平行橫線後，向左撇一條曲線	
平假名單字		片假名單字	
来年 _{らいねん}	rai ne n 明年	ライター	rai ta a 打火機
未来 _{みらい}	mi ra i 未來	ラーメン	ra a me n 拉麵

羅馬拼音	**ri**	中文相似音	哩
		台語相似音	你
平假名寫法		片假名寫法	
①在左邊向下畫一條曲線，線尾要勾 ②右邊起筆略比第一劃高一點，向下畫直線到 1/3 處向左微畫曲線		①在左邊向下畫一條直線，線尾不能勾 ②右邊起筆略比第一劃高一點，向下畫直線到 1/3 處向左微畫曲線	
平假名單字		片假名單字	
栗 _{くり}	ku ri 栗子	リスト	ri su to 清單
煙 _{けむり}	ke mu ri 煙	リモコン	ri mo ko n 遙控器

羅馬拼音	**ru**	中文相似音	嚕
平假名寫法		片假名寫法	
畫一個角度小的「7」，在線尾迴筆時打一個渾圓的大圓，到一半時收回打個小圈，線尾不可凸出。		①向左下撇一條長線 ②向下豎直一條線後往右上勾起，長度要長	
平假名單字		片假名單字	
留守 _{るす}	ru su 不在家	タオル	ta o ru 毛巾
猿 _{さる}	sa ru 猴子	ルテイン	ru te i n 葉黃素

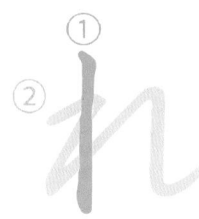

羅馬拼音	**re**	中文相似音	勒
		台語相似音	美「麗」

平假名寫法	片假名寫法
①畫一豎直線 ②打一個角度小的「7」，「7」的折角處要與第一劃交叉，迴筆時重疊剛剛的筆畫後畫一個波浪。	在左側畫一條向下的直線後向右勾起，長度要長

平假名單字		片假名單字	
歴史 れきし	re ki shi	トイレ	to i re
	歷史		廁所
恋愛 れんあい	re n a i	レモン	re mo n
	戀愛		檸檬

羅馬拼音	**ro**	中文相似音	嘍
		台語相似音	「滷」肉

平假名寫法	片假名寫法
寫一個角度小的「7」，迴筆時打一個倒「C」，要渾圓且稍扁	①左邊向下畫一直線 ②線頭接著第一劃的開頭，寫一個直角 ③底部與第一劃橫線平行，將「冂」封起來

平假名單字		片假名單字	
六 ろく	ro ku	ローン	ro o n
	六		貸款
黄色 きいろ	ki i ro	ローマ	ro o ma
	黃色		古羅馬

羅馬拼音	**wa**	中文相似音	挖

平假名寫法	片假名寫法
①畫一豎直線 ②打一個角度小的「7」，「7」的折角處要與第一劃交叉，迴筆時重疊剛剛的筆畫後打一個倒「C」，稍扁，圓弧狀向右上延伸	①在左側向下畫一條短線 ②銜接第一劃開頭向右畫一橫長線後向左撇

平假名單字		片假名單字	
岩 いわ	i wa	ワニ	wa ni
	岩石		鱷魚
和室 わしつ	wa shi tsu	ワイン	wa i n
	和室		紅酒

羅馬拼音	o	中文相似音	毆/窩
		台語相似音	「挖」土
平假名寫法		片假名寫法	
①左至右畫一條橫線，稍微彎曲 ②第一劃橫線正上方下筆往左撇後迴筆寫一個角度渾圓的「7」 ③畫一個開口大的「C」並穿過第二劃		①畫一橫長線後向左撇 ②跟第一劃橫線平行下方畫一條稍短橫線，不凸出第一劃	
平假名單字		片假名單字	
気をつけて	ki o tsu ke te.	X	
	請小心。		
手を洗う	te o a ra u.	X	
	洗手。		

02 | 撥音

MJ_1_2.mp3

羅馬拼音	n	中文相似音	嗯
平假名寫法		片假名寫法	
寫一個像英文小寫的「h」，後半的拱形部分呈現波浪狀，一筆成形。		①左上往右下一頓點。 ②左下往右上提起一個曲線。	
平假名單字		片假名單字	
やかん	ya ka n	スプーン	su pu u n
	茶壺		湯匙
赤ちゃん	a ka cha n	マンション	ma n sho n
	嬰兒		公寓

03｜濁音、半濁音

　　「濁音」和「半濁音」是從原本的五十音延伸出來的音節，「濁音」是在右上角加上兩個小點的音節，而「半濁音」是在右上角加上一個圓圈的音節。

羅馬拼音	**ga**	中文相似音	嘎
		台語相似音	咬
平假名單字		片假名單字	
眼鏡 （めがね）	me ga ne 眼鏡	ガム	ga mu 口香糖
葉書 （はがき）	ha ga ki 明信片	ガス	ga su 瓦斯

羅馬拼音	**gi**	中文相似音	X
		台語相似音	「機」車
平假名單字		片假名單字	
右 （みぎ）	mi gi 右邊	ギフト	gi fu to 禮品、贈品
鍵 （かぎ）	ka gi 鑰匙	イギリス	i gi ri su 英國

羅馬拼音	**gu**	中文相似音	姑
		台語相似音	多「久」
平假名單字		片假名單字	
出口 （でぐち）	de gu chi 出口	グルメ	gu ru me 美食家
入口 （いりぐち）	i ri gu chi 入口	グラム	gu ra mu 公克

羅馬拼音	**ge**	中文相似音	給
		台語相似音	「嫁」妝
平假名單字		片假名單字	
お土産 （みやげ）	o mi ya ge 伴手禮	ゲーム	ge e mu 遊戲
玄関 （げんかん）	ge n ka n 玄關	ゲート	ge e to 大門

ごゴざザじジずズぜゼ

羅馬拼音	**go**	中文相似音	勾
		台語相似音	講「古」
平假名單字		片假名單字	
りんご	ri n go	ゴルフ	go ru fu
	蘋果		高爾夫
卵 （たまご）	ta ma go	マンゴー	ma go o
	雞蛋		芒果

羅馬拼音	**za**	中文相似音	紮
		台語相似音	「早」飯
平假名單字		片假名單字	
雜談 （ざつだん）	za tsu da n	デザイン	de za i n
	閒聊		設計
獅子座 （し し ざ）	shi shi za	ビザ	bi za
	獅子座		簽證

羅馬拼音	**ji**	中文相似音	幾
		台語相似音	「一」下子
平假名單字		片假名單字	
人参 （にんじん）	ni n ji n	エンジン	e n ji n
	紅蘿蔔		引擎
おじさん	o ji sa n	ラジオ	ra ji o
	叔叔、大叔		收音機

羅馬拼音	**zu**	中文相似音	滋
平假名單字		片假名單字	
水 （みず）	mi zu	サイズ	sa i zu
	水		尺寸
地図 （ち ず）	chi zu	ズボン	zu bo n
	地圖		褲子

羅馬拼音	**ze**	中文相似音	賊
		台語相似音	請「坐」
平假名單字		片假名單字	
風 （かぜ）	ka ze	ゼリー	ze ri i
	風		果凍
風邪 （か ぜ）	ka ze	プレゼント	pu re ze n to
	感冒		禮物

27

羅馬拼音	**zo**	中文相似音	鄒
		台語相似音	「租」屋
平假名單字		片假名單字	
家族 か ぞく	ka zo ku 家人	ゾンビ	zo n bi 殭屍
象 ぞう	zo u 大象	ゾウガメ	zo u ga me 象龜

羅馬拼音	**da**	中文相似音	打
平假名單字		片假名單字	
友達 ともだち	to mo da chi 朋友	ダメ	da me 不行、無用
果物 くだもの	ku da mo no 水果	ダンス	da n su 跳舞

羅馬拼音	**ji**	中文相似音	己
		台語相似音	舌
平假名單字		片假名單字	
痔 ぢ	ji 痔瘡	キクヂシャ	ki ku ji sha 菊萵苣
鼻血 はな ぢ	ha na ji 鼻血	トウヂサ	to u ji sa 唐萵苣

羅馬拼音	**zu**	中文相似音	姿
平假名單字		片假名單字	
続き つづ	tsu zu ki 後續	ツヅミ	tsu zu mi 手鼓
缶詰 かんづめ	ka n zu me 罐頭	タヅナ	ta zu na 韁繩

羅馬拼音	**de**	中文相似音	得
		台語相似音	「袋」子
平假名單字		片假名單字	
おでん	o de n 關東煮	デパート	de pa a to 百貨公司
電話 でん わ	de n wa 電話	ビデオ	bi de o 錄影帶

羅馬拼音	**do**	中文相似音	豆
平假名單字		片假名單字	
窓 まど	ma do 窗戶	ドア	do a 門
緑 みどり	mi do ri 綠色	ハンドル	ha n do ru 方向盤

羅馬拼音	**ba**	中文相似音	爸
平假名單字		片假名單字	
おばさん	o ba sa n 中年婦女	バイク	ba i ku 機車
看板 かんばん	ka n ba n 招牌	ドライバー	do ra i ba a 螺絲起子

羅馬拼音	**bi**	中文相似音	逼
平假名單字		片假名單字	
山葵 わさび	wa sa bi 山葵（哇沙米）	コンビニ	ko n bi ni 便利商店
美容院 びょういん	bi yo u i n 美髮廳	ビール	bi i ru 啤酒

羅馬拼音	**bu**	中文相似音	不
平假名單字		片假名單字	
歌舞伎 かぶき	ka bu ki 歌舞伎	ブラジル	bu ra ji ru 巴西
新聞 しんぶん	shi n bu n 報紙	テーブル	te e bu ru 餐桌

羅馬拼音	**be**	中文相似音	北
平假名單字		片假名單字	
弁当 べんとう	be n to u 便當	イベント	i be n to 活動
壁 かべ	ka be 牆壁	ベル	be ru 電鈴

ど ド ば バ び ビ ぶ ブ べ ベ

ぼ

羅馬拼音	**bo**	中文相似音	撥
		台語相似音	哺
平假名單字		片假名單字	
やまのぼ **山登り**	ya ma no bo ri	**ボールペン**	bo o ru pe n
	登山		原子筆
ぼう し **帽子**	bo u shi	**ボタン**	bo ta n
	帽子		按鈕

羅馬拼音	pa	中文相似音	趴
		台語相似音	打
平假名單字		片假名單字	
心配 しんぱい	shi n pa i	スーパー	su u pa a
	擔心		超市
ぱちぱち	pa chi pa chi	パン	pa n
	劈劈啪啪 （拍手聲）		麵包

羅馬拼音	pi	中文相似音	批
平假名單字		片假名單字	
一匹 いっぴき	i p pi ki	タピオカ	ta pi o ka
	一隻		珍珠（奶茶）
六匹 ろっぴき	ro p pi ki	ピアノ	pi a no
	六隻		鋼琴

羅馬拼音	pu	中文相似音	撲
平假名單字		片假名單字	
天ぷら てん	te n pu ra	プール	pu u ru
	天婦羅		游泳池
切符 きっぷ	ki p pu	プリン	pu ri n
	票券		布丁

羅馬拼音	pe	中文相似音	配
平假名單字		片假名單字	
ぺろぺろ	pe ro pe ro	スペイン	su pe i n
	舔（擬態語）		西班牙
ぺろり	pe ro ri	ペン	pe n
	伸舌頭		筆

羅馬拼音	po	中文相似音	潑
		台語相似音	「簿」子
平假名單字		片假名單字	
散歩 さんぽ	sa n po	ポスト	po su to
	散步		郵筒
たんぽぽ	ta n po po	スポーツ	su po o tsu
	蒲公英		體育運動

04│拗音

MJ_1_4.mp3

羅馬拼音	**kya**	中文相似音	X
		台語相似音	罰「站」
平假名單字		片假名單字	
お客さん きゃく	o kya ku sa n 客人	キャベツ	kya be tsu 高麗菜

羅馬拼音	**kyu**	中文相似音	X
		台語相似音	「捲」毛
平假名單字		片假名單字	
野球 や きゅう	ya kyu u 棒球	キューリ	kyu u ri 小黃瓜

羅馬拼音	**kyo**	中文相似音	X
		台語相似音	「撿」柴
平假名單字		片假名單字	
今日 きょう	kyo u 今天	キョン	kyo n 山羌

羅馬拼音	**gya**	中文相似音	X
		台語相似音	「寄」信
平假名單字		片假名單字	
逆 ぎゃく	gya ku 相反	ギャル	gya ru 辣妹

羅馬拼音	**gyu**	中文相似音	X
		台語相似音	「救」人
平假名單字		片假名單字	
牛丼 ぎゅう どん	gyu u do n 牛丼	ギュッと	gyu t to 緊緊地

羅馬拼音	**gyo**	中文相似音	X
		台語相似音	「叫」車
平假名單字		片假名單字	
授業 じゅ ぎょう	ju gyo u 上課	ギョーザ	gyo u za 餃子

羅馬拼音	**sha**	中文相似音	夏
平假名單字		片假名單字	
医者 (いしゃ)	i sha / 醫生	シャワー	sha wa a / 淋浴

羅馬拼音	**shu**	中文相似音	咻
平假名單字		片假名單字	
趣味 (しゅみ)	shu mi / 興趣	ティッシュ	tei s shu / 衛生紙

羅馬拼音	**sho**	中文相似音	修
平假名單字		片假名單字	
胡椒 (こしょう)	ko sho u / 胡椒	ショート	sho o to / 短路

羅馬拼音	**ja**	中文相似音	甲
		台語相似音	呷
平假名單字		片假名單字	
じゃがいも	ja ga i mo / 馬鈴薯	パジャマ	pa ja ma / 西式睡衣

羅馬拼音	**ju**	中文相似音	X
		台語相似音	眼「睛」
平假名單字		片假名單字	
準備 (じゅんび)	ju n bi / 準備	ジュース	ju u su / 果汁

羅馬拼音	**jo**	中文相似音	酒
平假名單字		片假名單字	
年賀状 (ねんがじょう)	ne n ga jo u / 賀年卡	ジョキング	jo ki n gu / 慢跑

羅馬拼音	**cha**	中文相似音	恰
平假名單字		片假名單字	
茶色 (ちゃいろ)	cha i ro / 茶色	チャーシュー	cha a shu u / 叉燒

羅馬拼音	**chu**	中文相似音	X
		台語相似音	手
平假名單字		片假名單字	
ちゅうもん **注文**	chu u mo n	チューリップ	chu u ri p pu
	點餐		鬱金香

羅馬拼音	**cho**	中文相似音	秋
		台語相似音	「笑」臉
平假名單字		片假名單字	
ちょきん **貯金**	cho ki n	チョコレート	cho ko re e to
	存錢		巧克力

羅馬拼音	**nya**	中文相似音	X
		台語相似音	「領」錢
平假名單字		片假名單字	
こんにゃく **蒟蒻**	ko n nya ku	ニャー	nya a
	蒟蒻		喵（貓叫聲）

羅馬拼音	**nyu**	中文相似音	X
		台語相似音	「讓」位
平假名單字		片假名單字	
ぎゅうにゅう **牛乳**	gyu u nyu u	ニュース	nyu u su
	牛奶		新聞

羅馬拼音	**nyo**	中文相似音	拗
平假名單字		片假名單字	
にょたい **女体**	nyo ta i	ニョロニョロ	nyo ro nyo ro
	女人身體		蜿蜒

羅馬拼音	**hya**	中文相似音	X
		台語相似音	「額」頭
平假名單字		片假名單字	
ひゃく **百**	hya ku	ヒャクリョウ	hya ku ryo u
	一百		百兩金（植物）

ひゅ
ヒュ
ひょ
ヒョ
びゃ
ビャ
びゅ
ビュ
びょ
ビョ
ぴゃ
ピャ

羅馬拼音	hyu	中文相似音	X
		台語相似音	「咻」咻叫
平假名單字		片假名單字	
日向 （ひゅうが）	hyu u ga 日向 （日本姓氏）	ヒューマン	hyu u ma n 人類

羅馬拼音	hyo	中文相似音	X
		台語相似音	「歇」睏
平假名單字		片假名單字	
表紙 （ひょうし）	hyo u shi 封面	ヒョウ	hyo u 豹

羅馬拼音	bya	中文相似音	X
		台語相似音	隔「壁」
平假名單字		片假名單字	
三百 （さんびゃく）	sa n bya ku 三百	ビャンビャ ン麺（めん）	bya n bya n me n 彪彪麺

羅馬拼音	byu	中文相似音	X
平假名單字		片假名單字	
びゅうびゅ う	byu u byu u 颼颼地（風聲）	X	

羅馬拼音	byo	中文相似音	X
		台語相似音	手「錶」仔
平假名單字		片假名單字	
病院 （びょういん）	byo u i n 醫院	X	

羅馬拼音	pya	中文相似音	X
平假名單字		片假名單字	
ぴゃっと	pya t to 敏捷地樣子	ピャチゴル スク	pya chi go ru su ku 五山城

羅馬拼音	**pyu**	中文相似音	X
平假名單字		片假名單字	
ぴゅ	pyu	ピュア	pyu a
	（笛聲）		純潔

羅馬拼音	**pyo**	中文相似音	X
平假名單字		片假名單字	
発表 はっぴょう	ha p pyo u	ピョンヤン	pyo n ya n
	發表		平壤市

羅馬拼音	**mya**	中文相似音	X
		台語相似音	號「名」
平假名單字		片假名單字	
文脈 ぶんみゃく	bu n mya ku	ミャオ族 ぞく	mya o zo ku
	文脈		苗族

羅馬拼音	**myu**	中文相似音	X
平假名單字		片假名單字	
X		ミュンヘン	myu n he n
			慕尼黑

羅馬拼音	**myo**	中文相似音	謬
平假名單字		片假名單字	
奇妙 き みょう	ki myo u	ミョウガ	myo u ga
	怪異		蘘荷

羅馬拼音	**rya**	中文相似音	X
		台語相似音	「掠」狂
平假名單字		片假名單字	
省略 しょうりゃく	sho u rya ku	リャマ	rya ma
	省略		駱馬

羅馬拼音	**ryu**	中文相似音	X
		台語相似音	「遛」皮
平假名單字		片假名單字	
りゅうがくせい **留 学生**	ryu u ga ku se i 留學生	**リュック**	ryu k ku 背包

羅馬拼音	**ryo**	中文相似音	六
平假名單字		片假名單字	
りょう り **料 理**	ryo u ri 料理	**リョウブ**	ryo u bu 檔葉樹

りゅ
リュ
り
りょ
リ
リョ

05｜長音

MJ_1_5.mp3

　　長音是指以下這些假名前後連著出現時，使第一個音直接拉長唸兩拍，而不是分成兩個音唸。

　　以下是會產生長音的組合（有底線的紅字為長音部分）：

あ段＋あ	お母さん	o ka a sa n 媽媽
い段＋い	おいしい	o i shi i 好吃
う段＋う	空港	ku u ko u 機場
え段＋え	お姉さん	o ne e sa n 姐姐
え段＋い	先生	se n se i 老師
お段＋お	氷	ko o ri 冰塊
お段＋う	東京	to u kyo u 東京

　　而片假名的狀況，長音則只需要用「ー」標示即可（有底線的紅字為長音部分）：

コーラ	ko o ra 可樂
ケーキ	ke e ki 蛋糕
コーヒー	ko o hi i 咖啡
パーティー	pa a tei i 派對

＊長音有沒有唸清楚會關係到表達的意思，所以務必唸清楚唷。

例：ビル bi ru（大樓）→ビール bi i ru（啤酒）

促音的標示為小小的「っ」（片假名為「ッ」），遇到促音時要停一拍不發音，且氣流有「頓促」、「收束」感。促音大多出現在「p」、「t」、「k」之前（可觀察羅馬拼音）。

範例單字：

チケット chi ke t to 票

ベッド be d do 床

ダイエット da i e t to 減肥

キッチン ki c chi n 廚房

ロボット ro bo t to 機器人

トラック to ra k ku 卡車

切符 ki p pu 車票

切手 ki t te 郵票

＊如同長音，促音發音清不清楚也會關係到表達出來的單字

例：音 o to（聲音）→ 夫 o t to（丈夫）

07 | 重音

　　重音是指音節間的「高低」或「強弱」表現，而日語的重音屬於「高低」表現。依照東京標準音，重音有分「平板型」、「頭高型」、「中高型」、「尾高型」四種，標示方法有兩種，一種是在字母上畫線，一種是以數字標記（請參照表格）。

類型	線條標記	數字標記	例
平板型 （第一個音為低音，其餘高音）	── 或 ──	[0]	[0]さくら（櫻花）
頭高型 （第一個因為高音，其餘低音）	─┐	[1]	[1]えき（車站）
中高型 （中間高音，其餘低音）	─┐	[2][3][4] [5]...等	[2]ひこうき（飛機） [3]せんせい（老師）
尾高型 （跟平板型一樣，只是這個單字後面接的助詞會變低音）	─┐	[2][3][4] [5]...等	[4]いもうと（妹妹）

MJ_1_8.mp3
歌曲試聽

こいのぼり
ko i no bo ri

作詞：近藤宮子　作曲：不明

やねよりたかい　こいのぼり
ya ne yo ri ta ka i　ko i no bo ri

おおきいまごいは　おとうさん
o o ki i ma go i wa　o to u sa n

ちいさいひごいは　こどもたち
chi i sa i hi go i wa　ko do mo ta chi

おもしろそうに　およいでる
o mo shi ro so u ni　o yo i de ru

錦鯉旗

比屋頂更高的　錦鯉旗

大的黑鯉魚是　爸爸

小的紅鯉魚是　孩子們

他們歡快地　游泳著

「こいのぼり（錦鯉旗）」是日本的一種習俗，在每年的5月5日男兒節會在家門前掛上用紙或布織的錦鯉旗，來祈求家中男孩能健康地成長。這首日本的兒歌唱的便是錦鯉旗高掛、飄揚的景色，在日本流傳了將近百年，現今在幼稚園之類的幼年教育現場還是會教小朋友唱。

第二章
日語的基礎運用

第二章

01 自我介紹
—— 人、地點、物品、所屬

MJ_2_1.mp3

❶ 初<ruby>はじ</ruby>めまして。 初次見面

❷ の/は～です。 ～的～/是～

❸ ～の～は～です。 ～的～是～。

❹ ～から来<ruby>き</ruby>ました。 我來自～。

❺ ～はあまりできません。 我不太會～。

❻ （どうぞ）よろしくお願<ruby>ねが</ruby>いします。 請多多指教。

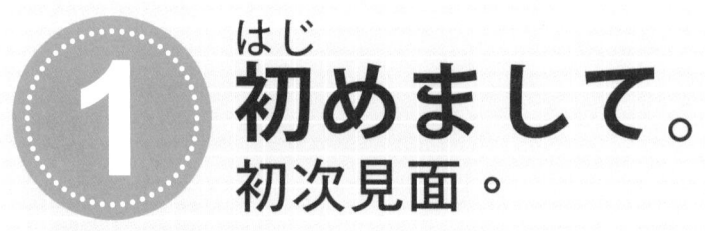

① 初めまして。
はじ
初次見面。

【慣用語】 初めまして。 初次見面。
はじ

初めまして。 初次見面。
はじ

　「初めまして」是日語自我介紹時常見的慣用語。這個句子是完整敬
はじ
語「初めてお目にかかりまして（初次與您見面）」的縮略講法。雖然與
はじ め
人初次見面，自我介紹時要展現禮貌，但這視為慣用語，只講「初めまし
はじ
て」即可，講完整的反而會非常奇怪。

はじ
初めまして。
ha ji me ma shi te.

初次見面。

補充知識

要用日語表示「初次見面」，除了上面介紹的講法以外，還有「お初に
はつ
目にかかります」，意思是「第一次給您看到」，是極為尊敬禮貌的講
め
法。除非是在一些非常特殊、需要極高度禮貌、嚴謹正式的場合中，不
然使用的機率是非常少的。

2 の/は～です。
～的～/是～。

表示說明 **A は B です。** A 是 B。

代名詞 A	助詞：主題	名詞 B	斷定助動詞，表肯定

_{わたし}
私 **は** _{なつ こ}**夏子** **です。**

我 　　　 X 　　　 夏子 　　　　　 是

　　「A は B です」是所有日語初學者第一個會學到句型。日語句型的結構，通常都是一個詞（例：私）黏著一個助詞（例：は），最後再用「です」一類的表現結尾，將句子做一個「定論」的總結，而這句話的定論就是「肯定」，也就是說明這個人「是」夏子，不是否定，也不是「問」是不是夏子。另外，「助詞」是輔助前面搭配的詞的定義，例如這個句型，助詞「は」用途在於表示出「主題」是什麼，所以這句話的主題是「私」，那要說明的是什麼呢？是「是夏子（肯定句）」這個事實。另外，「は」如果是助詞，會念「wa」。

_{わたし}**私**は_{なつ こ}**夏子**です。
wa ta shi wa na tsu ko de su.
我是夏子。

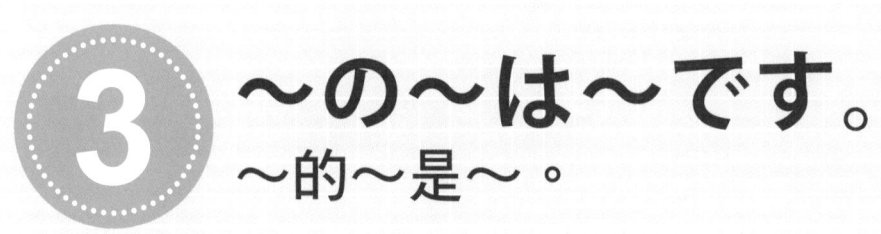

③ ～の～は～です。
～的～是～。

表示所屬 AのBはCです。A 的 B 是 C。

主詞 A	助詞：所有	名詞 B	助詞	名詞 C	斷定助動詞，表肯定

<ruby>私<rt>わたし</rt></ruby> の <ruby>趣味<rt>しゅみ</rt></ruby> は <ruby>歌<rt>うた</rt></ruby> です。

我　　　的　　興趣　　X　　唱歌　　　是

　　相信大家對「の」都不陌生，在台灣常被用來代替中文的「的」。這個句型也和上一個一樣，一個詞搭配一個助詞成為一組，如「<ruby>私<rt>わたし</rt></ruby>+の」，而第二組就是一個詞搭配一個助詞「<ruby>趣味<rt>しゅみ</rt></ruby>+は」，最後再加上代表肯定的「です」搭配「<ruby>歌<rt>うた</rt></ruby>（唱歌）」，表示這整句是在說明自己的興趣是唱歌。這邊要提醒大家，不是所有的「の」都等同於中文「的」，其他的「の」在第94 頁會再加說明。

<ruby>私<rt>わたし</rt></ruby>の<ruby>趣味<rt>しゅみ</rt></ruby>は<ruby>歌<rt>うた</rt></ruby>です。
wa ta shi no shu mi wa u ta de su.
我的興趣是唱歌。

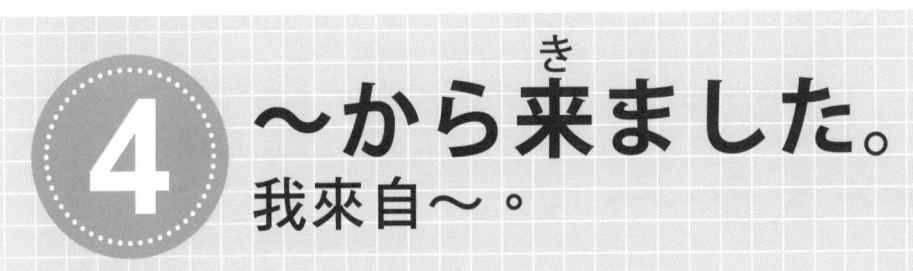

4 ～から来ました。

我來自～。

表示來歷 Aから来ました。 我來自A。

表地點名詞A	助詞：（來的）起點	動詞過去式
台湾（たいわん）	から	来（き）ました
台灣	從	來

　　如同前篇的概念，依舊是一個詞黏著一個助詞如「台湾（たいわん）+から」，而定論就是「来（き）ました（來了）」。「から」這個助詞代表起點，也就是自己從哪個地點出發到現在這地方，所以能解讀成「來自」，「来（き）ました」是動詞「來」的過去式，表示人已經做了「來」這個動作，完成這個動作，現在人就在大家面前。至於這個句子為什麼沒有「私（わたし）（我）」，則是因為日語有省略自己第一人稱的習慣，前一句有表明現在講的是「私（わたし）（我）」的事的話，就不需再重複說明。

台湾（たいわん）から来（き）ました。
ta i wa n ka ra ki ma shi ta.
我來自台灣。

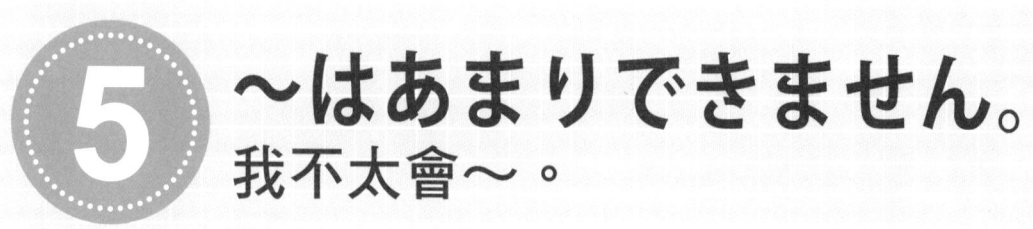

5 ～はあまりできません。
我不太會～。

表示能力 Ａはあまりできません。 我不太會Ａ。

名詞Ａ	助詞	副詞	表能力的動詞

にほんご 日本語 は あまり できません。

日語 　　　　X 　　　不太 　　　　不會

　　初學者要跟人用日語交談時，先適當表達自己的程度，是對對方的尊重，也能達到適合的溝通效果。這邊依舊是一個詞搭配一個助詞（日本語＋は），而要注意的是，「副詞」不需要搭配助詞，就能自成一個組合，因此這邊的「あまり」後面沒有搭配助詞。最後，「できません」是「できます」的否定，意思是「不會」，但該注意的是，「あまり」本身已經有「不」這個翻譯，所以會讓中文母語者誤會「できます」不需要否定表現，但事實上，以日語的「邏輯」來說，只要看到「あまり」這個字，後面接的不管是動詞或是形容詞，絕對要是否定才可以。

にほんご
日本語はあまりできません。
ni ho n go wa a ma ri de ki ma se n.
我不太會講日語。

6 （どうぞ）よろしくお願い（ねが）します。
請多多指教。

慣用語 （どうぞ）よろしくお願い（ねが）します。 請多多指教。

　　用日語自我介紹之後通常都會加上這句慣用語。請對方多給予指教，是一種日本人常用的禮貌的打招呼方式。標題是最完整的表現，不過也可以省略「どうぞ」或是「お願い（ねが）します」，或是以上兩者一起省略，只留下「よろしく」，不過，以日語的特性，越完整的表現會越有禮貌，建議在初次見面時，盡可能用最禮貌的方式是最安全的。最後「お願い（ねが）します」原意是「麻煩您了」，意指今後的互動，都請多麻煩費心指教。

どうぞよろしくお願い（ねが）します。

do u zo yo ro shi ku o ne ga i shi ma su.

請多多指教。

一、會話練習

A 請搭配本課的 MP3 音檔，完整的聽過本課的範例會話。

◎初めまして。
ha ji me ma shi te.

◎私は夏子です。
wa ta shi wa na tsu ko de su.

◎私の趣味は歌です。
wa ta shi no shu mi wa u ta de su.

◎台湾から来ました。
ta i wa n ka ra ki ma shi ta.

◎日本語はあまりできません。
ni ho n go wa a ma ri de ki ma se n.

◎どうぞよろしくお願いします。
do u zo yo ro shi ku o ne ga i shi ma su.

初次見面。
我是夏子。
我的興趣是唱歌。
我來自台灣。
不太會說日語。
請多多指教。

B 模仿範例會話的內容，將空格中的字替換成自己想說的話。試著用日語自我介紹。

◎ 初めまして。
　　は じ
　　ha ji me ma shi te.

◎ 私は ⬚⬚⬚⬚ です。
　　わたし
　　wa ta shi wa ⬚⬚⬚⬚ de su.

◎ 私の趣味は ⬚⬚⬚⬚ です。
　　わたし　しゅ み
　　wa ta shi no shu mi wa ⬚⬚⬚⬚ de su.

◎ ⬚⬚⬚⬚ から来ました。
　　　　　　　　　　き
　　⬚⬚⬚⬚ ka ra ki ma shi ta.

◎ ⬚⬚⬚⬚ はあまりできません。
　　⬚⬚⬚⬚ wa a ma ri de ki ma se n.

◎ どうぞよろしくお願いします。
　　　　　　　　　　　ねが
　　do u zo yo ro shi ku o ne ga i shi ma su.

初次見面。
我是 ⬚⬚⬚⬚ 。
我的興趣是 ⬚⬚⬚⬚ 。
我來自 ⬚⬚⬚⬚ 。
不太會說 ⬚⬚⬚⬚ 。
請多多指教。

二、填空練習

A 請回想範例會話的內容，選出能填入空格的字。

選項 ｜ は ｜ 初^{はじ}め ｜ あまり ｜ の ｜ から ｜ よろしく

1. _____ まして。

2. 私^{わたし} _____ 夏子^{なつこ}です。

3. 私^{わたし} _____ 趣味^{しゅみ}は歌^{うた}です。

4. 台湾^{たいわん} _____ 来^きました。

5. 日本語^{にほんご}は _____ できません。

6. どうぞ _____ お願^{ねが}いします。

B 請回想範例會話的內容，完成以下句子。

1. 我是夏子。

   私^{わたし}は _____ 。

2. 我來自台北。

   台北^{たいぺい} _____ 。

C 請回想範例會話的內容，在空格中寫上自己想說的話。

- 初次見面。

　　_____

- 我是（請寫上自己的名字）。

　　_____

- 我的興趣是（請寫上自己的興趣）。

　　_____

- 我來自（請寫上自己的家鄉）。

　　_____

- 我不太會講日語。

　　_____

- 請多多指教。

　　_____

各式各樣的人稱代名詞

　　本單元學到的「私(わたし)」就是一個人稱代名詞，人稱代名詞有三種，「第一人稱（我）」、「第二人稱（你）」、「第三人稱（他）」，而日語的人稱代名詞又比中文細膩，會以男女做分別使用，也會以地位高低做分別使用。

　　最常見且中性的說法就是「私(わたし)（我）」、「あなた（你）」、「彼(かれ)（他）/彼女(かのじょ)（她）」，但要特別注意的是，「あなた（你）」這個人稱代名詞，有「你與我」對立的感覺，因此通常不對外人稱呼「あなた」，反而是要用「～さん」稱呼對方，至於「あなた」例外的使用場合，僅只在非常親密的關係使用，例如夫妻之間。

　　第一人稱的「私(わたし)」也會因為性別及面對的對象地位而有所變動，如以下整理：

男性對地位高　私(わたし)、わたくし

男性對平輩　　私(わたし)、僕(ぼく)

男性對地位低，或想展現較為豪邁粗魯的一面　俺(おれ)

女性對地位高　私(わたし)、わたくし

女性對平輩　　私(わたし)、あたし

女性對地位低　私(わたし)

第二章

02 詢問
—— 問路、解惑

MJ_2_2.mp3

❶ あの、すみません。 那個，不好意思。

❷ 〜は〜ですか。 〜在/是〜呢？

❸ 〜です。 在/是〜

❹ 〜はありますか。 有〜嗎？

❺ 〜よ。 〜喔。

❻ わかりました。ありがとうございました。
我明白了，謝謝。

1 あの、すみません。
那個，不好意思。

喚起注意 あの、すみません。那個，不好意思。

あの、すみません。 那個，不好意思。

「あの」是感嘆詞，通常用在委婉口氣提起對方注意時使用，後面通常搭配「すみません」準備要麻煩對方、有勞對方的意思。也可以省略「あの」，不過口氣會顯得較突然。另外，「あの」通常會拉長音唸成「あのう」，但在書面上則是以無長音的「あの」書寫為主。

あの、すみません。
a no, su mi ma se n.
那個，不好意思。

補充知識

日本的民族性很重視口氣的委婉與否，如果需要請人協助，或是突然叫住對方，最好先使用較委婉及緩和的詞語喚起對方的注意後，再正式對話。例如：「すみませんが、これはなんですか。（不好意思，這是什麼？）」的「が」就是表現委婉，再接著進行詢問。

2 〜は〜ですか。
〜在/是〜呢？

表示疑問 A は B ですか。 A 在/是 B 呢？

主詞 A	助詞	疑問詞 B	斷定助動詞，表肯定	終助詞，表疑問

トイレ は どこ です か。
廁所　　　X　　哪裡　　在/是　　　　呢

　　「終助詞」就是「放在句子最終（後面）的助詞」，表達一種語氣，「か」表示疑問的語氣，因此只要在任何完整的句子最後放上「か」，就會成為疑問句。另外，「どこ」是疑問詞之一，問的是地點，所以回答時，也要符合問句，答案要回答地點。

> ## トイレはどこですか。
> to i re wa do ko de su ka.
> 廁所在哪裡呢？

補充知識

最常見的疑問詞有「何/何（什麼）」、「誰（誰）」、「どこ（哪裡）」、「どれ（哪個）」、「何歳/おいくつ（幾歲）」、「何時（幾點）」等，依照不同的疑問詞定義，回答的類型就要不同，例如「誰（誰）」就是問人，所以回答時就要講「人物」。

③ 〜です。
在/是〜

表示方位、地點　**A です。** 在/是 A。

指示代名詞 A

あそこ
那裡

斷定助動詞，表肯定

です。
在/是

　　「指示代名詞」是能夠不直接講出某地點、東西地名稱，也能講將某地點或東西指示出來的名詞，換句話說也就是「代替」名詞的講法。地點的指示代名詞有三種，分別是「ここ（這裡）」、「そこ（那裡）」、「あそこ（那裡）」，疑問詞則是「どこ（哪裡）」。東西的指示代名詞是「これ（這）」、「それ（那）」、「あれ（那）」，疑問詞則是「どれ（哪）」。「そ」和「あ」在中文的翻譯都一樣，因此要以日語的邏輯思考，「そ」用於離話者遠、聽者近的狀況，例如背包在對方身上，話者就可以「それ」指出背包。而「あ」則是離話者、聽者都遠的狀況，例如背包在離兩人很遠的前方，就可以用「あれ」表示背包。

あそこです。
a so ko de su.
在那裡。

4 ～はありますか。
有～嗎？

Aはありますか。 有 A 嗎？

名詞 A	助詞	存在動詞	終助詞，表疑問
トイレットペーパー	**は**	**あります**	**か。**
廁所衛生紙	X	有	嗎

　　一般常見的動詞是所謂動作動詞，例如「**走**<ruby>走<rt>はし</rt></ruby>**ります（跑）**」、「**歩**<ruby>歩<rt>ある</rt></ruby>**きます（走）**」，在腦海中能浮現具象動作樣貌，但「**あります（有）**」則是存在動詞，無法具象想像動作，但可表達「有無」。先前篇幅都以「～です」為結尾，是因為前面接的詞是名詞，所以以「**です**」表達肯定，而動詞則是以「～**ます**」表達肯定。如同上面單元所說，日語的句構會是一個詞搭配一個助詞成為一組（**トイレットペーパー＋は**），而後面的定論就是「**あります（有）**」，加上疑問「**か**」，表示詢問有沒有這個東西。

**トイレットペーパー
はありますか。**
to i re t to pe e pa a wa a ri ma su ka.
有廁所衛生紙嗎？

5 ～よ。
～喔。

終助詞　A よ。 A 喔。

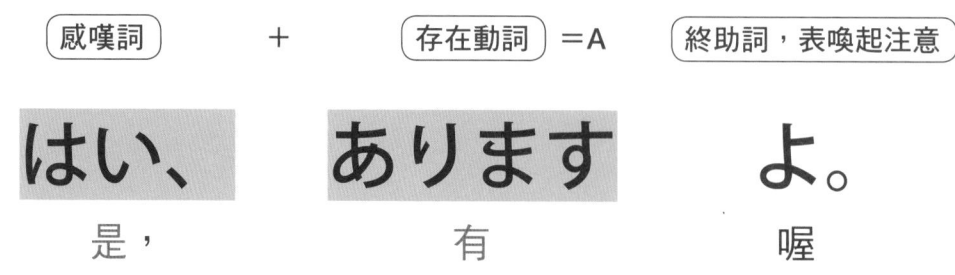

| 感嘆詞 | ＋ | 存在動詞 ＝A | 終助詞，表喚起注意 |

はい、　　**あります**　　**よ。**
是，　　　　　　有　　　　　　喔

　　上面提到過的終助詞，是指放在完整句子最後的一個助詞，用以改變句子的語氣。而這裡的「よ」也是終助詞之一，定義是「喚起對方注意」，意思是對不知道這件事的人用「よ」提起他的注意，告訴對方自己知道的事情，也就是說說話者用「よ」告訴不知道有沒有衛生紙的聽話者自己知道有衛生紙這件事。

はい、ありますよ。
ha i, a ri ma su yo.
是，有喔。

6 わかりました。ありがとうございました。
我明白了，謝謝。

會話慣用回應句 わかりました。ありがとうございました。 我明白了，謝謝。

A わかりました。 我明白了。

「わかります」是個動詞，意思是了解、明白，不過通常使用過去式「〜ました」呈現，原因是用過去式的語感有「因為你說出來，我才明白」，如果不用過去式，而是用現在式的「〜ます」，很容易有「你不說，我現在早知道」的語感，會讓對方感到不舒服。

B ありがとうございました。 謝謝。

如同上述的「わかりました」一樣，有分現在式和過去式。如果感謝對方非常短時間內的當下感謝，可以用現在式的「〜ます」，但如果感謝對方整體剛剛給的恩惠，則要用過去式的「〜ました」表達對前面所有的感恩，以及請求的協助告一段落、結束。因為問的人已經完全知道答案（有無衛生紙）了，所以不需再問下去，因此結束詢問，用過去式感謝對方。

わかりました。ありがとうございました。
wa ka ri ma shi ta. a ri ga to u go za i ma shi ta.

我明白了，謝謝。

一、會話練習

A 請搭配本課的 MP3 音檔,完整的聽過本課的範例會話。

◎**A：あの、すみません。**
a no, su mi ma se n.

◎**B：はい。**
ha i.

◎**A：トイレはどこですか。**
to i re wa do ko de su ka.

◎**B：あそこです。**
a so ko de su.

◎**A：トイレットペーパーはありますか。**
to i re t to pe e pa a wa a ri ma su ka.

◎**B：はい、ありますよ。**
ha i, a ri ma su yo.

◎**A：わかりました。ありがとうございました。**
wa ka ri ma shi ta. a ri ga to u go za i ma shi ta.

> A：那個,不好意思。
> B：是。
> A：廁所在哪裡呢?
> B：那裡。
> A：有廁所衛生紙嗎?
> B：是,有喔。
> A：我明白了,謝謝。

B 模仿範例會話的內容，將空格中的字替換成自己想說的話。試著用日語詢問對方。

◎**A：あの、すみません。**
a no, su mi ma se n.

◎**B：はい。**
ha i.

◎**A：☐☐☐はどこですか。**
☐☐☐ wa do ko de su ka.

◎**B：あそこです。**
a so ko de su.

◎**A：☐☐☐はありますか。**
☐☐☐ wa a ri ma su ka.

◎**B：はい、ありますよ。**
ha i, a ri ma su yo.

◎**A：わかりました。ありがとうございました。**
wa ka ri ma shi ta. a ri ga to u go za i ma shi ta.

A：那個，不好意思。
B：是。
A：☐☐☐ 在哪裡呢？
B：那裡。
A：有 ☐☐☐ 嗎？
B：是，有喔。
A：我明白了，謝謝。

二、填空練習

A 請回想範例會話的內容，選出能填入空格的字。

選項 | ました | は | です | か | よ

1. トイレはどこです _____。

2. あそこ _____。

3. トイレットペーパー _____ ありますか。

4. はい、あります _____。

5. わかり _____。ありがとうござい _____。

B 請回想範例會話的內容，完成以下句子。

1. 那個，不好意思。

   あの、 _____。

2. 會場在哪裡呢？

   会場 _____。
   かいじょう

3. 有飲料嗎？

   飲み物 _____。
   の もの

4. 是，有喔。

　　はい、＿＿＿＿＿＿。

5. 我明白了。謝謝。

　　＿＿＿＿＿＿。ありがとうございました。

C 請回想範例會話的內容，在空格中寫上自己想說的話。

・那個，不好意思。

＿＿＿＿＿＿＿＿＿＿＿＿＿＿＿＿＿＿＿＿＿＿＿＿＿＿＿＿

・（寫上想問的地點）在哪裡呢？

＿＿＿＿＿＿＿＿＿＿＿＿＿＿＿＿＿＿＿＿＿＿＿＿＿＿＿＿

・有（寫上想問的東西）嗎？

＿＿＿＿＿＿＿＿＿＿＿＿＿＿＿＿＿＿＿＿＿＿＿＿＿＿＿＿

・是，有喔。

＿＿＿＿＿＿＿＿＿＿＿＿＿＿＿＿＿＿＿＿＿＿＿＿＿＿＿＿

・我明白了，謝謝。

＿＿＿＿＿＿＿＿＿＿＿＿＿＿＿＿＿＿＿＿＿＿＿＿＿＿＿＿

第二章

03 聊天與打招呼
—— 早安、午安、晚安、寒暄

❶ おはようございます。早安。

❷ こんにちは。午安、你好。

❸ こんばんは。晚安。

❹ おやすみなさい。晚安。

❺ さようなら。再見。

❻ じゃ/では、また。那麼，再見。

❼ どういたしまして。不客氣。

❽ お元気ですか。你過得好嗎？

MJ_2_3.mp3

❾大丈夫ですか。 沒事吧？

❿いい天気ですね。 真是好天氣呢。

1 おはようございます。
早安。

慣用語 **おはようございます。** 早安。

　　如同中文意思一樣，跟人在早上、一天的開始時打招呼使用。如果打招呼的對象跟自己較親密，可以以略語「**おはよう**」道早安即可。而日本年輕人中，較老派的會說「**おっはー**」，而男生會更省略講「**おっす！**」。另外，如果是排班制的職場，晚班的同事來上班也會跟大家用「**おはようございます**」打招呼，因為對當事人來說，這才是他一天的開始。

2 こんにちは。
午安、你好。

慣用語 **こんにちは。** 午安、你好。

　　「**こんにちは**」用漢字書寫為「**今日^{こんにち}は**」，其實是「**今日^{こんにち}は、お元気^{げんき}ですか。**（今天過得好嗎？）」、「**今日^{こんにち}は、ご機嫌^{きげん}いかがですか。**（今天心情如何？）」或「**今日^{こんにち}は、いいお天気^{てんき}ですね。**（今天真是好天氣呢。）」等的略稱。依照前述的例子可知，都是在問對方對於今天的感覺如何，因此就變成一種廣泛性的招呼語，因此，單純指「你好」的意思也是可以的。

③ こんばんは。
晩安。

慣用語 こんばんは。 晚安。

與前述的「こんにちは」相同，也是略語的一種。原本為「今晩（こんばん）はいい晚（ばん）ですね。（今晚真是好夜晚呢。）」來作為招呼，做後續聊天的引子。

④ おやすみなさい。
晩安。

慣用語 おやすみなさい。 晚安。

有別於「こんばんは（晚安）」的晚安，「おやすみなさい（晚安）」其實漢字標為「お休（やす）みなさい（晚安）」，表示休息之意，因此大多用在睡前時刻，最廣泛用在親人之間的道晚安，不過，在晚間的聚餐、活動等結束，大家各自準備要回家睡覺的時段，也會互道「おやすみなさい（晚安）」表示再見。

⑤ さようなら。
再見。

慣用語 **さようなら。** 再見。

「**さようなら**（再見）」的漢字表現是「**左様なら**（再見）」，源頭是「**左様ならば、これにて御免**。（那樣的話，就在這抱歉了。）」，是一種古語講法，延伸至今，已經是一種道別、離別的說法，未來不再見面，或是預計幾乎不會見到的情形下，會用這個道別方式，唯有課堂的放學時是特例，可以互道「**さようなら**。（再見）」。

⑥ じゃ/では、また。
那麼，再見。

慣用語 **じゃ/では、また。** 那麼，再見。

接續詞是用來將前句和後句連結的詞，如「**じゃ**（那麼）」。而「**では**（那麼）」則是「**じゃ**」較書面、正式的說法。「**また**（再、又）」是省略後面時間的詞，例如「**また明日**。（（再次）明天見）」。不將時間講明的話，較能廣泛使用，且如果說話時的場合，雙方明確知道何時再見，不講明僅用略稱也很自然。

7 どういたしまして。
不客氣。

慣用語 どういたしまして。 不客氣。

　「どういたしまして。（不客氣）」的漢字標音「どう致しまして。（不客氣）」，以「致します」能表達尊敬的講法，是在對方表達感謝時，回應對方時使用，不過有時口氣會顯得自己地位較高，因此向地位高的人回應，建議以「いえいえ。（不不，哪裡哪裡）」等回答，而對於小孩等對象，較適合用「どういたしまして。（不客氣）」。

8 お元気ですか。
你過得好嗎？

慣用語 お元気ですか。 你過得好嗎？

　「お」可寫成「御」，表示尊敬、優雅的說法，是接頭語，通常接在名詞、ナ形容詞前，而這邊的「元気（精神、健康）」就是ナ形容詞，雖然中譯為「精神、健康」，但在這種慣用語中，通常是問候對方過得好不好，而回話者可以回「元気です。（過得好）」，也可用更加禮貌的講法：「おかげさまで、元気です。（多虧您的福，過得很好。）」表達對對方的敬重、禮貌。

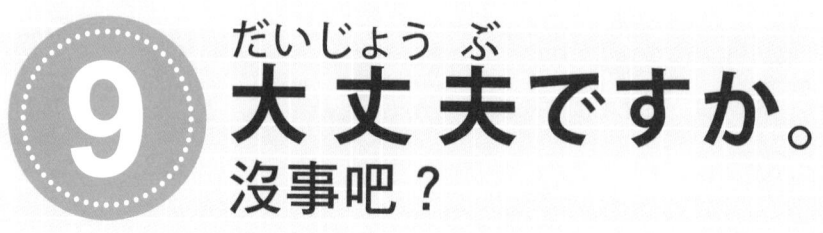

9 だいじょうぶ
大丈夫ですか。
沒事吧？

慣用語 大丈夫ですか。 沒事吧？
だいじょうぶ

　　這是向對方表達關懷時常用的說法，「大丈夫」以字面上的含義是
「沒問題」的意思，因此關懷對方時，也就是問對方有無問題時，就可用
「大丈夫」加上疑問「～ですか」表現。而沒問題的話，可以用肯定表現
「大丈夫です」回應。

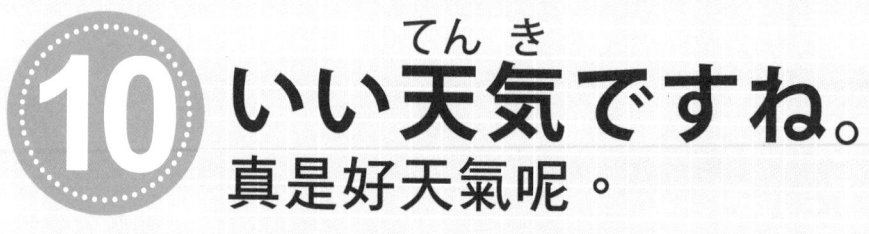

10 てんき
いい天気ですね。
真是好天氣呢。

慣用語 いい天気ですね。 真是好天氣呢。
てんき

　　「いい」是好的意思，是一個形容詞，搭配「天気」則成為「好天
てんき
氣」的意思。加上肯定表現的「です」，還有表達「尋求同感」的終助詞
「ね」，則成為一個幾乎已變成慣用語的打招呼常用句型。如同前面單元
所說的，終助詞是放在句尾能轉變口氣的助詞，在此則為「尋求同感」，
因此，如果回應者要表示認同，可以回「そうですね。（對啊）」表達認
同，而這邊的「ね」則是另一個終助詞，「表達認同」的「ね」。

練習 聊天與打招呼

一、會話練習

A 請搭配本課的 MP3 音檔，完整的聽過本課的範例會話。

◎**A：おやすみなさい。**
o ya su mi na sa i.

◎**B：おやすみなさい。**
o ya su mi na sa i.

◎**A：じゃ、また明日。**
<ruby>明日<rt>あした</rt></ruby>
ja, ma ta a shi ta.

◎**B：じゃ、また。**
ja, ma ta.

◎**A：大丈夫ですか。**
<ruby>大丈夫<rt>だいじょうぶ</rt></ruby>
da i jo u bu de su ka.

◎**B：大丈夫です。**
<ruby>大丈夫<rt>だいじょうぶ</rt></ruby>
da i jo u bu de su.

A：晚安。
B：晚安。
A：那麼，明天見。
B：那麼，再見。
A：沒事吧？
B：沒事。

B 模仿範例會話的內容，將空格中的字替換成自己想說的話。試著用日語
詢問對方。

◎ **A：おやすみなさい。**
　　o ya su mi na sa i.

◎ **B：おやすみなさい。**
　　o ya su mi na sa i.

◎ **A：じゃ、また ☐ 。**
　　ja,ma ta ☐ .

◎ **B：じゃ、また ☐ 。**
　　ja,ma ta ☐ .

◎ **A：大丈夫ですか。**
　　　 だいじょう ぶ
　　da i jo u bu de su ka.

◎ **B：☐ です。**
　　☐ de su.

A：晚安。
B：晚安。
A：那麼，☐ 見。
B：那麼，☐ 見。
A：沒事吧？
B：☐ 。

二、填空練習

A 請回想範例會話的內容，選出能填入空格的字。

> 選項 ｜ お ｜ まして ｜ なさい ｜ は ｜ ございます

1. おはよう ＿＿＿＿＿＿。

2. こんにち ＿＿＿＿＿＿。

3. おやすみ ＿＿＿＿＿＿。

4. どういたし ＿＿＿＿＿＿。

5. ＿＿＿＿＿＿元気（げんき）ですか。

B 請回想範例會話的內容，完成以下句子。

1. 那麼，再見。

じゃ、＿＿＿＿＿＿。

2. 你過得好嗎？

お ＿＿＿＿＿＿ですか。

3. 多虧您的福，我很好。

＿＿＿＿＿＿、元気（げんき）です。

4. 沒事吧？

_____ ですか。

5. 真是好天氣呢。

いい _____ ですね。

C 請回想範例會話的內容，在空格中寫上自己想說的話。

・你好。

_____

・你過得好嗎？

_____

・多虧你，我很好。

_____

・天氣真好呢。

_____

・對啊。

_____

第二章

04 動詞
—— 生活常用動詞、觀光常用動詞

MJ_2_4.mp3

❶（一緒に）〜を〜ませんか。
要不要（一起）（把）〜（做）〜呢？

❷いいですね。〜ましょう。 好啊，〜吧。

❸（もう）〜を〜ましたか。
（已經）（把）〜（做）〜了嗎？

❹いいえ、まだです。 不，還沒。

❺じゃ、〜を〜ますか。 那麼，要（把）〜（做）〜嗎？

❻はい、〜、お願いします。 好，麻煩你〜了。

1 （一緒に）～を～ませんか。
要不要（一起）～呢？

表示邀約 （一緒に）AをBませんか。要不要（一起）（把）A（做）B呢？

| 副詞 | 名詞A | 助詞 | 動詞B | 終助詞 |

（一緒に） **お酒** を **飲み**ません か。
一起　　　酒　（把）　要不要喝　　　　呢。

　　在初級日語中，動詞大多以「～ます」的特徵出現，而邀約對方做某事時，將「～ます」改為「～ません」加疑問的「か」則能成為邀請的講法「要不要～」的意思。另外，例句中如同前面單元所說，副詞可單獨出現，其他部分句子總是以一個詞搭配一個助詞為組合出現（**お酒**+を），最後則放斷定助動詞的「～です」或本單元的動詞「～ます」做結尾則能成為一個完整的句子。

（一緒に） **お酒を飲みま** せんか。
i s sho ni o sa ke o no mi ma se n ka.
要不要一起喝酒呢？

② いいですね。〜ましょう。
好啊，〜吧。

接受邀約 いいですね。A ましょう。 好啊，A 吧。

形容詞	斷定助動詞	終助詞	動詞 A
いい	です	ね。	飲みましょう。
好	X	啊	喝吧。

「いい」為形容詞，也可以直接如前面單元的名詞一樣接「です」表示肯定。「ね」則同前面單元所說的，表示認同。而本節要學習的則是「接受邀請」，將動詞「〜ます」改為「〜ましょう」可翻譯為「〜吧」，則表示要跟對方一起做某事。

いいですね。飲みましょう。
i i de su ne. no mi ma sho u.
好啊，喝吧。

③ （もう）〜を〜ましたか。
（已經）〜了嗎？

疑問句 （もう）A を B ましたか。（已經）（把）A（做）B 了嗎？

副詞	名詞 A	助詞	動詞 過去式 B	終助詞

（もう）　晩<ruby>ばん</ruby>ごはん　を　食<ruby>た</ruby>べました　か。

（已經）　　晩餐　　　X　　　吃了　　　　嗎？

　　「もう」是副詞，依照日語句構，可以單獨出現，而因為後面的動詞「食べました」已經是過去式，所以「もう」省略也不影響時態表現。依照日語句構，一樣是一個詞搭配一個助詞為一組（晩ごはん+を），而後面用動詞「〜ます」型態改為過去式型態的「〜ました」加上表示疑問的「か」表示問對方「已經」做了這件事嗎？

（もう）晩<ruby>ばん</ruby>ごはんを食<ruby>た</ruby>べましたか。

（mo u）ba n go ha n o ta be ma shi ta ka.

已經吃晚餐了嗎？

④ いいえ、まだです。
不，還沒。

常見會話 いいえ、まだです。 不，還沒。

　　「いいえ」是否定的回應，先前的「はい」則是肯定的回應。「まだ」用漢字標注為「未だ」，從這裡可得知是「還沒」意思的副詞，而副詞也如同名詞、形容詞一樣，可以加上斷定助動詞「です」做結尾成為肯定句。另外還是要特別提醒，在初級動詞階段的話，則只能以「〜ます」系列做結尾。最後，如果是「已經」吃了，則按照對方問的問句，再重複一遍即可，也就是：「はい、（もう晩ごはんを）食べました。」可省略的部分是因為對方已經說過，所以省略較自然。

いいえ、まだです。
i i e, ma da de su.
不，還沒。

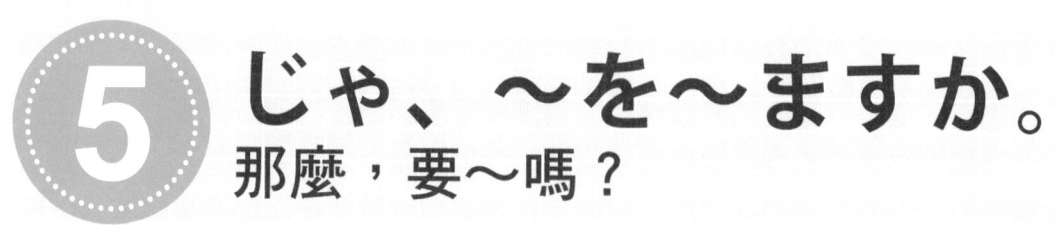

5 じゃ、〜を〜ますか。
那麼，要〜嗎？

表示詢問要做的事 じゃ、AをBますか。 那麼，要（把）A（做）B 嗎？

| 接續詞 | 名詞 A | 助詞 | 動詞現在式 B | 終助詞 |

じゃ、　焼^やき鳥^{とり}　を　食^たべます　か。

那麼，　　烤雞串　　　X　　　　吃　　　　嗎？

「じゃ」在前面單元表示「那麼」，也就是接續下面要繼續講的話題的接續詞。而「AをBますか。」是一個非常經典的文型，「〜ます」沒有如上面單元任何變化，時態則為「現在、未來、不限時式」，因此是表達即將要的時間，還沒發生的時間，因此加上表示疑問的「か」，變成「（即將）要〜嗎？」的意思。

じゃ、焼^やき鳥^{とり}を食^たべますか。

ja, ya ki to ri o ta be ma su ka.

那麼，要吃烤雞串嗎？

6 はい、〜、お願いします。

好，〜，麻煩你了。

表示拜託 **はい、A、お願いします。** 好，A，就麻煩你了。

感嘆詞   名詞 A   慣用語

はい、 注文、 お願いします。

好，   點餐，   麻煩你了。

　　這句常用的會話句，用在麻煩別人時使用，而因為句構的關係，「A」只能填入名詞，如果是動作性名詞，意指有動作感的名詞，例如：「コピー（複印）」、「（ご）説明（說明）」，則是拜託對方做某動作，如果是指物品的名詞，則是麻煩對方給自己某物品，例如：「お守り、お願いします。（請給我御守。）」

動詞的時態

	現在、未來、不限時式	過去
肯定	〜ます 例：食べます	〜ました 例：食べました
否定	〜ません 例：食べません	〜ませんでした 例：食べませんでした

・「不限時式」表示恆常性的，沒有分過去、現在、未來的時間。

一、會話練習

A 請搭配本課的 MP3 音檔，完整的聽過本課的範例會話。

◎ A：一緒にお酒を飲みませんか。
いっしょ　　　さけ　　の

i s sho ni o sa ke o no mi ma se n ka.

◎ B：いいですね。飲みましょう。
の

i i de su ne. no mi ma sho u.

◎ A：もう晩ごはんを食べましたか。
ばん　　　　　た

mo u ba n go ha n o ta be ma shi ta ka.

◎ B：いいえ、まだです。

i i e, ma da de su.

◎ A：じゃ、焼き鳥を食べますか。
や　とり　　た

ja, ya ki to ri o ta be ma su ka.

◎ B：はい、注文、お願いします。
ちゅうもん　　ねが

ha i, chu u mo n , o ne ga i shi ma su.

A：要不要一起喝酒呢？
B：好啊，喝吧。
A：已經吃晚餐了嗎？
B：不，還沒。
A：那麼，要吃烤雞串嗎？
B：好，點餐麻煩你了。

B 模仿範例會話的內容，將空格中的字替換成自己想說的話。試著用日語詢問對方。

◎**A：**一緒に ［＿＿＿＿］を ［＿＿＿＿＿］ませんか。
i s sho ni ［＿＿＿＿＿＿］ o ［＿＿＿＿＿＿＿＿］ ma se n ka.

◎**B：**いいですね。［＿＿＿＿＿＿＿］ましょう。
i i de su ne. ［＿＿＿＿＿＿＿＿＿＿］ ma sho u.

◎**A：**もう ［＿＿＿＿＿］を ［＿＿＿＿＿］ましたか。
mo u ［＿＿＿＿＿＿＿］ o ［＿＿＿＿＿＿＿＿＿＿］ ma shi ta ka.

◎**B：**いいえ、まだです。
i i e, ma da de su.

◎**A：**じゃ、［＿＿＿＿＿］を ［＿＿＿＿＿＿］ますか。
ja, ［＿＿＿＿＿＿＿＿＿＿＿＿］ o ta be ma su ka.

◎**B：**はい、［＿＿＿＿＿＿＿］、お願いします。
ha i, ［＿＿＿＿＿＿＿＿＿＿］, o ne ga i shi ma su.

> A：要不要一起 ［＿＿＿＿＿］ 呢？
> B：好啊，［＿＿＿＿＿］ 吧。
> A：已經 ［＿＿＿＿＿］ 了嗎？
> B：不，還沒。
> A：那麼，要 ［＿＿＿＿＿］ 嗎？
> B：好，［＿＿＿＿＿］，麻煩你了。

二、填空練習

A 請回想範例會話的內容，選出能填入空格的字。

選項 │ ましょう │ まだ │ もう │ ませんか │ お願いします

1. 一緒にお酒を飲み ＿＿＿＿＿＿。

2. いいですね。飲み ＿＿＿＿＿＿。

3. ＿＿＿＿＿＿ 晩ごはんを食べましたか。

4. いいえ、 ＿＿＿＿＿＿ です。

5. はい、注文、 ＿＿＿＿＿＿。

B 請回想範例會話的內容，完成以下句子。

1. 要不要一起喝茶呢？

   一緒にお ＿＿＿＿＿＿ を飲みませんか。

2. 好啊，喝吧。

   いいですね。 ＿＿＿＿＿＿。

3. 已經吃午餐了嗎？

   もう昼 ＿＿＿＿＿＿ を食べましたか。

4. 是，已經吃了。

   はい、もう ＿＿＿＿＿＿。

5. 那麼，複印，麻煩你了。

   じゃ、 ＿＿＿＿＿＿、お願_{ねが}いします。

C 請回想範例會話的內容，在空格中寫上自己想說的話。

- 要不要一起（請寫出想邀請的事情）。

  _____

- 好啊，一起（請寫出想邀請的事情）吧。

  _____

- 已經吃（填入想問的食物名）了嗎？

  _____

- 不，還沒。

  _____

- 那麼，（請寫出想請對方做的事情），麻煩你了。

  _____

第二章

05 助詞
—— 簡單介紹助詞用法

❶ ～「は」～です。 ～是～。

❷ ～は～です「か」。 ～是～嗎？

❸ ～「の」～です。 ～的～。

❹ ～「も」～です。 ～也是～。

❺ ～「から」です。 從～。

❻ ～「まで」です。 到～（為止）。

❼ ～「に」起<ruby>お</ruby>きます。 ～（時間點）起床。

❽ ～は～「に」～をあげます。 ～給～。

❾ ～「へ」行<ruby>い</ruby>きます。 去～。

❿ ～「で」～へ行<ruby>い</ruby>きます。 搭～去～。

⓫ ～「で」～をあげます。 在～給～。

MJ_2_5.mp3

⑫ ～「で」～が一番～です。 ～中～最～。

⑬ ～「と」～をあげます。 給～和～。

⑭ ～「を」食べます。 吃～。

⑮ ～「を」散歩します。 在～散步。

⑯ ～「が」好きです。 喜歡～。

⑰ ～「が」できます。 會～。

⑱ ～「が」あります。 有～。

⑲ ～「が」上手です。 對～擅長。

⑳ ～「が」食べます。 由～吃。

㉑ ～は～「より」～です。 ～比～還～。

1 ～「は」～です。
～是～。

表示主題 A「は」Bです。A是B。

代名詞 A	助詞：主題	名詞 B	斷定助動詞：表示肯定
私 わたし	は	夏子 なつ こ	です。
我	X	夏子	是。

　　所謂的助詞，是在品詞後連接的詞，作用是支撐之前的品詞的意義。有的助詞能粗略用中文翻譯出來，讓中文母語者較好了解，而有的則不行，這裡的「**は**」就屬無法翻譯的類別。「**は**」代表主題，如果不好懂，而後面的「夏子」則是句子要說明的內容，是怎麼樣的內容？就是「是夏子」。

私は夏子です。
わたし　　なつ こ
wa ta shi wa na tsu ko de su.
我是夏子。

2 〜は〜です「か」。
〜是〜嗎？

表示疑問 **AはBです「か」。** A 是 B 嗎？

名詞A 　助詞　 名詞B 　斷定助動詞　 終助詞：表疑問

やまだ
山田さん は いしゃ **医者** です か。

山田先生 　X　 醫生 　是　 嗎？

　終助詞如同字面上的意思，就是放在完整句子最後的助詞，是改變整個句子語氣的助詞。「**は**」用來指出此句話想說的主題，也就是「山田さ
ん」，而「**か**」這個終助詞代表「疑問」，可以翻譯成「嗎」、「呢」
等。

やまだ いしゃ
山田さんは医者ですか。
ya ma da sa n wa i sha de su ka.
山田先生是醫生嗎？

3 ～「の」～です。
～的～。

表示所屬 A「の」Bです。 A 的 B。

名詞 A	助詞：所屬	名詞 B	斷定助動詞：表肯定

なつ こ
夏子 **の** かさ**傘** **です。**

夏子　　　　　的　　　　　傘　　　　　　　是。

　　這裡的「の」用以表示所屬、所有，所以 A 和 B 都會是名詞。中文母語的學習者常把「の」翻譯為「的」，不過要注意，只有如同上述用「名詞 A」修飾「名詞 B」的時候「の」才會是「的」。

なつ こ かさ
夏子の傘です。
na tsu ko no ka sa de su.
是夏子的傘。

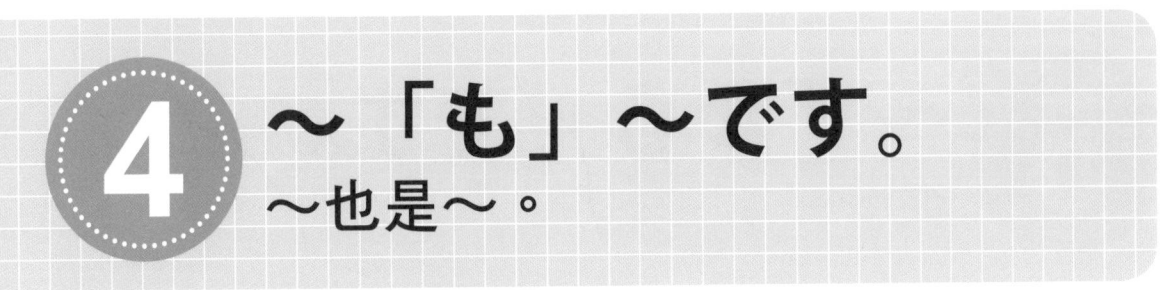

4 ～「も」～です。

～也是～。

表示類比 A「も」Bです。A 也是 B。

名詞 A	助詞：類比	名詞 B	斷定助動詞：表肯定
夏子	も	台湾人	です。
夏子	也	台灣人	是

「類比」表現的「名詞+も」，通常前面會並列出一個內容相同的句子，將表示出兩者的類似。以這例句來說，也許前句是「浩子は台湾人です（浩子是台灣人）」，所以後句內容也是相同的名詞+「台湾人です」，再用「も」來表示兩者類型是相同的。

夏子も台湾人です。
na tsu ko mo ta i wa n ji n de su.
夏子也是台灣人。

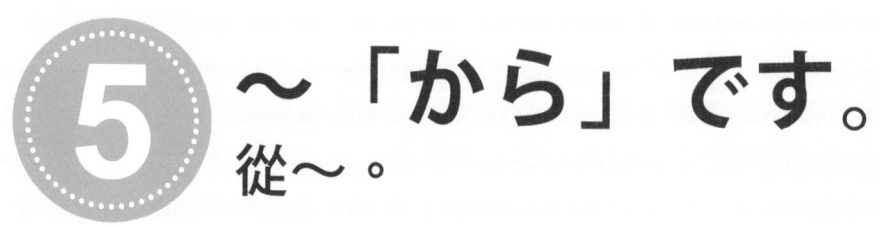

5 ～「から」です。
從～。

表示起點 A「から」です。從 A。

名詞 A	助詞：起點	斷定助動詞：表示肯定
たいぺい **台北**	**から**	**です。**
台北	從	是。

「から」的定義是「起點」，通常用於「地點」和「時間」，如果是時間，例如「12 時からです。」也許是用在向人敘述自己午休的時間，是從「12 點」開始的，但在此沒有表示終點的助詞出現，因此無法判定休息時間到幾點。

たいぺい
台北からです。
ta i pe i ka ra de su.
從台北。

6 ～「まで」です。
到～（為止）。

表示終點 **A「まで」です。** 到 A（為止）。

名詞 A | 助詞：終點 | 斷定助動詞：表示肯定

たか お
高雄 | **まで** | **です。**

高雄 | 到 | 是。

　　上一個介紹的句型的「から」表示起點，而這裡的「まで」則是終點，和「から」同樣，可以單獨出現。也可用在時間上面，例如「13 時まで です。」說的便是「到下午 1 點為止」。想要完整說出自己的午休時間帶，可以說「12 時から13 時までです。（從 12 點到下午 1 點。）」，包括午休時間的「起點」和「終點」。

たか お
高雄までです。
ta ka o ma de de su.
到高雄（為止）。

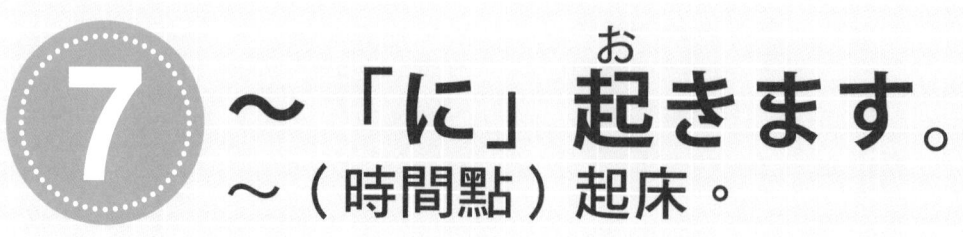

7 ～「に」起きます。
～（時間點）起床。

表示時間點 A「に」起きます。A（點）起床。

時間 A	助詞：表時間點	動詞
6時（じ）	に	起きます。
6 點	X	起床。

　　在日語當中，表示「時間」時會用到的助詞有幾種，其中一種就是「に」。「に」指的是時間的某一個「點」或「瞬間」，如同例句的「起きます（起床）」這個動作是在某個瞬間發生的事情，沒有包含時間「長度」的概念。也因如此，後面搭配的動詞都會是瞬間動詞，例如「学校は3時に終わります。（學校在 3 點放學。）」便是指學校是在到 3 點這個時間點上結束。而要表現的時間有「長度」的時候，助詞則可用上述的「から」。相對地，「から」也需搭配有時間長度的動詞，例如讀書便是要花一段時間的動作，可以說：「6時から勉強します（6 點開始讀書）」。如果也要表示結束的時間，可以說「6時から10時まで勉強します（6 點開始讀書到 10 點）」。

6時に起きます。
ro ku ji ni o ki ma su.
6 點起床。

8 ～は～「に」～をあげます。
～給～。

表示對象 AはB「に」Cをあげます。A 給 B C。

代名詞A	助詞	名詞B	助詞：表示對象	名詞C	助詞	動詞：表示授受

<ruby>私<rt>わたし</rt></ruby> は <ruby>孫<rt>まご</rt></ruby> に <ruby>小遣い<rt>こづか</rt></ruby> を あげます。

我　　X　　孫子　　X　　零用錢　　X　　　　給。

「に」也可以用來表示「對象」，通常對象前面搭配生物，例如人、動物，表示該生物對某對象「單方面」做出行為。例句中的「**あげます（給）**」就是「<ruby>私<rt>わたし</rt></ruby>（我）」將零用錢單方面送給了「<ruby>孫<rt>まご</rt></ruby>（孫子）」。另外也可以用在打電話給某對象時，如「**<ruby>母<rt>はは</rt></ruby>に<ruby>電話<rt>でんわ</rt></ruby>をかけます**（打電話給媽媽）」等。

<ruby>私<rt>わたし</rt></ruby>は<ruby>孫<rt>まご</rt></ruby>に<ruby>小遣い<rt>こづか</rt></ruby>をあげます。

wa ta shi wa ma go ni o ko du ka i o a ge ma su.

我給孫子零用錢。

⑨ ～「へ」行^いきます。
去～。

表示移動方向 Ａ「へ」行^いきます。去Ａ。

名詞　　　助詞：表示移動的方向　　　動詞

日本^{にほん}　　　　　へ　　　　行^いきます。

日本　　　　　往　　　　　去。

　「へ」有許多用途，而在此介紹的是用來表示「移動的方向」的用法，因此也搭配表示移動動詞「行^いきます」來說明移動的方向，且因為是助詞，所以念「e」。要表示移動的方向也可以說「に＋目的地、抵達地」，和「へ」的差異在於「へ」著重在表示「移動的方向」，而「に」著重在「移動的目的地」。不過不管用「へ」或「に」，意思都是一樣的。

「へ」：台湾^{たいわん} → 日本^{にほん}
「に」：台湾^{たいわん} → 日本^{にほん}

日本^{にほん}へ行^いきます。
ni ho n e i ki ma su.
去日本。

10 ～「で」～へ行きます。
搭～去～。

表示方法 A「で」Bへ行きます。搭A去B。

名詞A	助詞：方法、手段	名詞B	助詞	動詞
飛行機	で	日本	へ	行きます。
飛機	搭	日本	往	去

　　表示「方法、手段」的「で」可以用於「交通工具」、「道具」以及「語言」等，上面例句是「交通工具」，因此可翻譯為搭飛機的「搭」。依「方法、手段」不同，「で」的中文翻譯也會不一樣，例如指「道具」的時候，舉例：「ストローでタピオカミルクティを飲みます（用吸管喝珍奶）」，此時的「で」就會翻成「用」。

飛行機で日本へ行きます。
hi ko u ki de ni ho n e i ki ma su.
搭飛機去日本。

11 ～「で」～をあげます。
在～給～。

表示場所 A「で」B をあげます。 在～給～。

名詞 A　　助詞　　名詞 ＋ 助詞 ＋ 名詞 ＝ B 助詞　　動詞

部屋（へや）で 孫（まご）に 小遣（こづか）い を あげます。
房間　　在　孫子　 X　 零用錢　　 X　　　　給

　「で」表示動作發生的場所，或說是進行動作的地點，因此「で」前面會放可以「發生或進行」某動作的地點。例句中的「部屋（へや）」便是「給零用錢」的「地點」。而「發生」的概念，例如「日本（にほん）で 地震（じしん）がありました（日本發生了地震）」就可以如此使用，雖然「あります」不是「具體行為」的動詞，但是可以用在「發生」的場合，因此也可用「で」表現地點。

部屋（へや）で孫（まご）に小遣（こづか）い
をあげます。
he ya de ma go ni o ko du ka i o a
ge ma su.
在房間給孫子零用錢。

12 ～「で」～が一番～です。
～中～最～。

表示範圍 A「で」Bが一番Cです。 A中B最C。

名詞A	助詞	名詞B	助詞	副詞	形容詞C	斷定助動詞

家族 で **おばあさん** が **一番** **優しい** です。

家人　中　　奶奶　　　X　　最　　溫柔　　是

　　「で」表示「範圍」，用在「比較句」時常出現，要比較事情時，通常需要將比較的人、事、物範圍框列起來，才能做比較，例如「**四季**（四季）」、「**世界**（世界）」、「**果物**（水果）」，將範圍設立出來，才能比出「**一番**（最極端、極致）」的人、事、物。

家族でおばあさんが一番優しいです。

ka zo ku de o ba a sa n ga i chi ba n ya sa shi de su.

在家人中奶奶是最溫柔的。

13 ～「と」～をあげます。
給～和～。

表示並列 A「と」Bをあげます。給A和B。

名詞A	助詞	名詞B	助詞	動詞

小遣い と おもちゃ を あげます。
こづか

零用錢　　和　　　玩具　　　X　　　給。

　　「と」表示事物的並列，同性質的東西「全部」舉出，如果不是「全部」舉出，而是「部分」列舉，則要用「や」替代，後面也可多加「など（等）」表示舉出的東西並非全部，上例的句子是全部舉出，因此可知給的東西僅有兩項：「零用錢」及「玩具」，如果例句是：「**小遣いやおもちゃなどをあげます（給零用錢和玩具等等）**」，則表示不僅給這兩項，還有別的。

小遣いとおもちゃを
こづか
あげます。
ko du ka i to o mo cha o a ge ma su.
給零用錢和玩具。

14 ～「を」食べます。
吃～。

表示對象 A「を」食べます。吃A。

名詞A　　　　　　　助詞　　　　　　　　動詞

パン　　　　　を　　　　　食べます。
麺包　　　　　　　　X　　　　　　　　　吃。

　　在上述許多助詞例句中「を」已出現過不少次。這些「を」都代表「動作作用所及的對象」，是「對象」的一種，但與「に」不一樣的是，「を」有「所及」概念，也就是動作會在「を」前的人、事、物本體產生作用，如例句的「吃麵包」，麵包本體是被吞嚥及消化的，又或是例句：「カバンを買います（買包包）」，則包包本體會因此被帶走、移動走。

パンを食べます。
pa n o ta be ma su.
吃麵包。

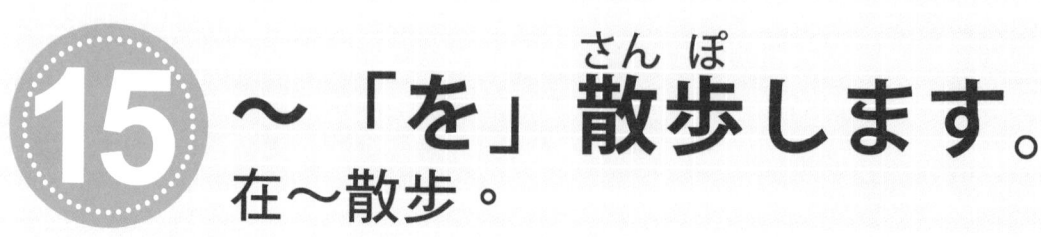

15 ～「を」散歩します。
在～散歩。

表示在場所內移動 A「を」散歩します。 在 A 散步。

地點名詞 A	助詞：在場所內移動	動詞
公園（こうえん）	を	散歩（さんぽ）します。
公園	在	散步。

　　此處的「**を**」是「在某場所內移動」的意思，通常「**を**」之前的空間、地名都會是範圍大、寬敞的場所，如例句的「**公園を散歩する**（在公園散步）」或「**工場を見学する**（參觀工場）」。這裡的動作常會是在到處漫遊、穿梭在各處，例如：「**鳥は空を飛んでいます**（鳥在天空飛）」，是在一個空間中從左到右或右到左、從東到西或西到東穿越過，因此也是用「**を**」。

公園（こうえん）を散歩（さんぽ）します。
ko u e n o sa n po shi ma su.
在公園散步。

16 ～「が」好^すきです。

喜歡～。

表示感情 A「が」好^すきです。 喜歡 A。

名詞 A	助詞：感情	形容詞	斷定助動詞：表肯定
ラーメン	が	好^すき	です。
拉麵	X	喜歡	X

　　表示感情時會使用「が」，通常搭配具有感情的形容詞，例如「好^すき（喜歡）」、「嫌^{きら}い（討厭）」、「恐^{おそ}ろしい（恐懼）」、「怖^{こわ}い（害怕）、」「恋^{こい}しい（眷戀）」、「懐^{なつ}かしい（懷念）」、「欲^ほしい（想要）」等。

ラーメンが好^すきです。
ra a me n ga su ki de su.
喜歡拉麵。

～「が」できます。
會～。

表示能力 A「が」できます。會 A。

名詞 A　　　　　助詞：能力　　　　　能力動詞

にほんご
日本語　　　　　が　　　　　できます。
日語　　　　　　X　　　　　會。

　　表示能力使用「が」，後面搭配能力動詞，「會」的話是表肯定的「できます」，「不會」的話則表否定的「できません」。而「が」前 A 部分必須放「名詞」才能成立，例如「歌（唱歌）」、「料理（料理）」等。

にほんご
日本語ができます。
ni ho n go ga de ki ma su.
會日語。

18 〜「が」あります。
有〜。

表示有無 **A「が」あります。** 有A。

名詞A	助詞：有無	存在動詞
お金（かね）	**が**	**あります。**
錢	X	有

　　表示「有無」會使用存在動詞「**あります**」，否定則是「**ありません**」，這個句型是「存在句」，敘述「不會移動或非生命體」，例如物品、植物的存在。如果是「會移動或生命體」，例如人、動物、幽靈等，會改用同樣是存在動詞的「**います**」、「**いません**」來敘述。

お金（かね）があります。
o ka ne ga a ri ma su.
有錢。

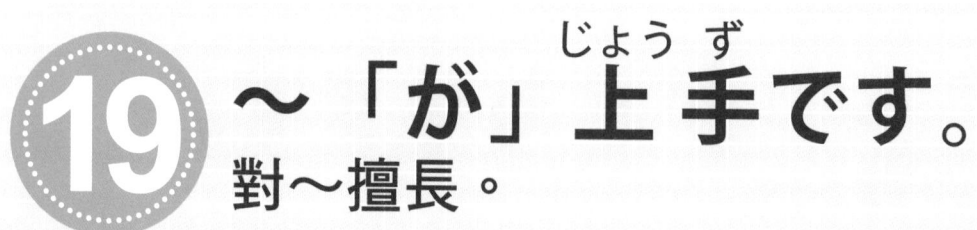

19 ～「が」上手です。
對～擅長。

表示巧拙 A「が」上手です。 對 A 擅長。

名詞 A	助詞：巧拙	形容詞	斷定助動詞：表肯定
料理	**が**	**上手**	**です。**
料理	X	擅長	X

　　表示「巧拙」也可以用助詞「**が**」表現，A 的部分需要放名詞，而「**が**」後則要放表示巧拙的單字，例如：「**下手**（不擅長）」、「**苦手**（不擅於對付）」、「**駄目**（不行）」、「**得意**（拿手）」等。

料理が上手です。
ryo u ri ga jo u zu de su.
很擅長料理。

20 ～「が」食べます。

由～吃。

表示限定 A「が」食べます。 由 A 吃。

名詞 A	助詞	動詞
父	が	食べます。
爸爸	由	吃。

「が」在此表示「排他、限定」，也就是「排除他人，限定此人」的意思。如同例句：「私はピーマンが苦手ですから、父が食べます。（因為我對青椒沒轍，所以由爸爸吃掉。）」在此就是表現吃掉青椒的人僅有爸爸。

父が食べます。
chi chi ga ta be ma su.
由爸爸吃掉。

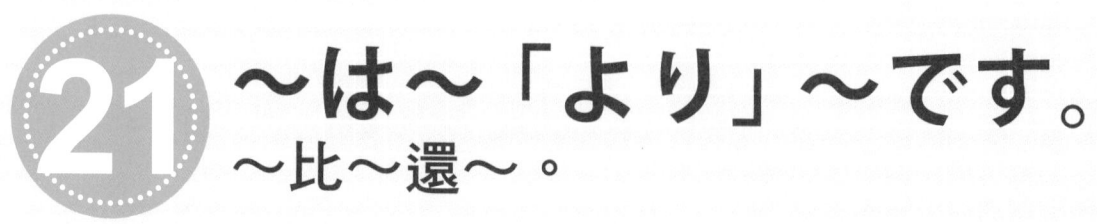

21 ～は～「より」～です。
～比～還～。

表示基準 A は B「より」C です。A 比 B 還 C。

名詞	助詞	名詞 B	助詞：基準	形容詞 C	斷定助動詞
日本（にほん）	は	台湾（たいわん）	より	大（おお）きい	です。
日本	X	台灣	比起	大	X

　　比較句的「より」用以表示比較的「基準」。上述的「～で～が一番（いちばん）～です。」用以表示多數之中的最高級，而這裡的「より」則是兩方的比較。看到這類比較句時有時會出現搞不清楚誰大誰小的問題，此時以例句為例，可以將有「より」的「名詞+助詞」（例句內是「台湾（たいわん）より」）遮起來，剩下的「日本（にほん）は大（おお）きいです。（日本是大的）」就是事實，接著再加回剛剛遮起來的「名詞+助詞」，就可以知道完整的比較句在敘述什麼。

日本（にほん）は台湾（たいわん）より大（おお）きいです。
ni ho n wa ta i wa n yo ri o o ki i de su.
日本比台灣大。

一、會話練習

A 請搭配本課的 MP3 音檔，完整的聽過本課的範例會話。

◎ 私は昼ごはんを食べます。
wa ta shi wa hi ru go ha n o ta be ma su.

◎ ピーマンが苦手ですから、
pi i ma n ga ni ga te de su ka ra.

◎ 父がピーマンを食べます。
chi chi ga pi i ma n o ta be ma su.

◎ 父が好きです。
chi chi ga su ki de su.

我吃午餐。
因為對青椒沒轍，
所以由爸爸吃掉青椒。
我很喜歡爸爸。

B 模仿範例會話的內容，將空格中的字替換成自己想說的話。試著用日語詢問對方。

◎私は [   ] を食べます。
 wa ta shi wa [   ] o ta be ma su.

◎ [   ] が苦手ですから、
 [   ] ga ni ga te de su ka ra,

◎ [   ] が [   ] を食べます。
 [   ] ga [   ] n o ta be ma su.

◎ [   ] が好きです。
 [   ] ga su ki de su.

我吃 [   ] 。
因為對 [   ] 沒輒，
所以由 [   ] 吃掉 [   ] 。
我很喜歡 [   ] 。

二、填空練習

A 請回想範例會話的內容，選出能填入空格的字。

選項 | に | で | の | を | が

1. 夏子<ruby>なつ<rt>なつ</rt></ruby><ruby>こ<rt>こ</rt></ruby> _____ 傘<rt>かさ</rt>です。

2. 6時<rt>じ</rt> _____ 起<rt>お</rt>きます。

3. 家族<rt>かぞく</rt> _____ おばあさんが一番優<rt>いちばんやさ</rt>しいです。

4. パン _____ 食<rt>た</rt>べます。

5. 公園<rt>こうえん</rt> _____ 散歩<rt>さんぽ</rt>します。

6. 料理<rt>りょうり</rt> _____ 上手<rt>じょうず</rt>です。

B 請回想範例會話的內容，完成以下句子。

1. 夏子也是台灣人。

　夏子<rt>なつこ</rt> _____ 台湾人<rt>たいわんじん</rt>です。

2. 從台北到高雄。

　台北<rt>たいぺい</rt> _____ 高雄<rt>たかお</rt> _____ です。

3. 在房間給零用錢。

部屋 _____ 小遣い（こづか）をあげます。

4. 給零用錢和玩具。

小遣い（こづか） _____ おもちゃをあげます。

5. 由爸爸吃。

父（ちち） _____ 食（た）べます。

6. 日本比台灣大。

日本（にほん）は台湾（たいわん） _____ 大（おお）きいです。

C 請回想範例會話的內容，在空格中寫上自己想說的話。

・我給孫子（填入想給的東西）。

_____

・我去（填入要去的地方）。

_____

・我吃（請填要吃的東西）。

_____

- 我喜歡（填入喜歡的人事物）。

  _____

- 我有（填入擁有的東西）。

  _____

- 我擅長（填入自己擅長的事情）。

  _____

06 形容詞
—— 生活常用形容詞、觀光常用形容詞

MJ_2_6.mp3

❶ ～はどうですか。～（是）怎麼樣呢？

❷ （とても）～です。（非常）～。

❸ ～はどんな～ですか。～是怎麼樣的～呢？

❹ ～な～です。是～的～。

❺ ～い～です。是～的～。

① ～はどうですか。
～（是）怎麼樣呢？

詢問感覺、樣子 Aはどうですか。A（是）怎麼樣呢？

名詞A	助詞	副詞	斷定助動詞	終助詞

に ほ ん りょう り
日本料理 **は** **どう** **です** **か。**

日本料理　　　X　　　怎麼樣　（是）　　呢？

　　這個句型類似第 59 頁的「AはBですか。」，只是 B 是特定的副詞「どう」，是詢問對方某人事物的感覺、樣子，也因此需加上表示疑問的「か」成為疑問句。因為「どう」的問法，所以回應通常都會是形容詞，例如「おいしい（好吃）」、「まずい（難吃）」「高い（貴）、」「安い（便宜）」等。

に ほ ん りょう り
日本料理はどうですか。
ni ho n ryo u ri wa do u de su ka.
日本料理（是）怎麼樣呢？

2 （とても） ～です。
（非常）～。

表達感覺、樣子　（とても）Aです。（非常）A。

（副詞：表程度）　　　（イ形容詞 A）　　　　（斷定助動詞：表肯定）

（とても）　おいしい　　です。
（非常）　　　　　　好吃　　　　　　　　X。

　　日語中的形容詞有兩種，是「イ形容詞」和「ナ形容詞」，「イ形容詞」的特徵是字尾帶有「い」，其餘的則是「ナ形容詞」，不過要特別注意幾個容易落入陷阱的形容詞，例如「きれい（漂亮）」或「ゆうめい（有名）」，這兩者都是「ナ形容詞」，原因在於特徵的「い」是包含在漢字裡的發音，將這兩者標上發音就可得知：「綺麗（きれい）」、「有名（ゆうめい）」。

（とても）おいしいです。
（to te mo）o i shi i de su.
（非常）好吃。

③ ～はどんな～ですか。
～是怎麼樣的～呢？

A はどんな B ですか。 A 是怎麼樣的 B 呢？

名詞A	助詞	ナ形容詞	名詞A	斷定助動詞	終助詞
日本	**は**	**どんな**	**国**	**です**	**か。**
日本	X	怎麼樣的	國家	是	呢？

「どんな」跟上述的「どう」一樣，都是在問感覺、樣子，只是「どんな」是「ナ形容詞」，因此在詢問時，後面必須加上名詞一起詢問，例如「どんな人（怎麼樣的人）」、「どんなカバン（怎麼樣的包包）」等。

日本はどんな国ですか。
ni ho n wa do n na ku ni de su ka.
日本是怎麼樣的國家呢？

4 ～な～です。
是～的～。

表達人事物的感覺、樣子 **A な B です。** 是 A 的 B。

| ナ形容詞 A | 名詞 B | 斷定助動詞：表肯定 |

きれいな **国**（くに） **です。**

漂亮的　　　　　國家　　　　　　　是。

　　中文的「的」翻譯成日文時不一定都是以「の」表現，「ナ形容詞」的連體（也就是連接名詞）則要加上「**な**」才能成為俗稱的「的」，如果「名詞+名詞」則會用「**の**」，例如「**夏子**（なつこ）**の傘**（かさ）」，而「ナ形容詞+名詞」則會用「**な**」，例如「**きれいな国**（くに）」。如果以上一大題解說內的例句來說，「**どんな人**（ひと）」，則可回答「**きれいな人**（ひと）（漂亮的人）」；「**どんなカバン**」，則能回答「**丈夫**（じょうぶ）**なカバン**（牢固的包包）」，因為「**きれい**」和「**丈夫**（じょうぶ）」都是「ナ形容詞」。

きれいな国（くに）**です。**
ki re i na ku ni de su.
是漂亮的國家。

123

5 〜い〜です。
是〜的〜。

表達人事物的感覺、樣子 **A い B です。** 是 A 的 B。

イ形容詞 A	名詞 B	斷定助動詞：表肯定

高い
高的

山
山

です。
是。

　　上一頁是「ナ形容詞」的連體用法，而這一頁就是「イ形容詞」的連體用法。「イ形容詞」的連體用法只需把結尾特徵的「い」保留，並直接加上名詞就可以變成「〜的〜」，例如「**おいしいすし**（好吃的壽司）」，而對應 122 頁的提問：「**どんな人**（怎麼樣的人）」、「**どんなカバン**（怎麼樣的包包）」，如果要用「イ形容詞」回答，則可各例如為「**面白い人**（有趣的人）」、「**赤いカバン**（紅色的包包）」。

高い山です。
ta ka i ya ma de su.
是（很）高的山。

一、會話練習

A 請搭配本課的 MP3 音檔，完整的聽過本課的範例會話。

◎ A：日本料理はどうですか。
ni ho n ryo u ri wa do u de su ka.

◎ B：（とても）おいしいです。
(to te mo) o i shi i de su.

◎ A：日本はどんな国ですか。
ni ho n wa do n na ku ni de su ka.

◎ B：きれいな国です。
ki re i na ku ni de su.

◎ A：日本の富士山はどんな山ですか。
ni ho n no fu ji sa n wa do n na ya ma de su ka.

◎ B：高い山です。
ta ka i ya ma de su.

A：日本料理怎麼樣呢？
B：（非常）好吃。
A：日本是怎麼樣的國家呢？
B：是漂亮的國家。
A：日本的富士山是怎麼樣的山呢？
B：是（很）高的山。

B 模仿範例會話的內容，將空格中的字替換成自己想說的話。試著用日語詢問對方。

◎**A：**□□□□ **はどうですか。**
　　　□□□□ wa do u de su ka.

◎**B：（とても）**□□□ **です。**
　　（to te mo）□□□ de su.

◎**A：**□□□□ **はどんな**□□□ **ですか。**
　　　□□□□ wa do n na □□□ de su ka.

◎**B：**□□□ **な**□□□ **です。**
　　　□□□ na □□□ de su.

◎**A：**□□□□ **の**□□□ **はどんな**□□□ **ですか。**
　　　□□□□ no □□□ wa do n na □□□ de su ka.

◎**B：**□□□ **い**□□□ **です。**
　　　□□□ i □□□ de su.

A：□□□□ 怎麼樣呢？
B：（非常）□□□。
A：□□□□ 是怎麼樣的 □□□ 呢？
B：是 □□□ 的 □□□。
A：□□□□ 的 □□□ 是怎麼樣的 □□□ 呢？
B：是 □□□ 的 □□□。

二、填空練習

A 請回想範例會話的內容，選出能填入空格的字。

> 選項 ｜ な ｜ どう ｜ の ｜ どんな ｜ い ｜ とても

1. 日本料理は＿＿＿＿＿ですか。

2. ＿＿＿＿＿おいしいです。

3. 日本は＿＿＿＿＿国ですか。

4. きれい＿＿＿＿＿国です。

5. 日本＿＿＿＿＿富士山はどんな山ですか。

6. 高＿＿＿＿＿山です。

B 請回想範例會話的內容，完成以下句子。

1. 泰國料理怎麼樣呢？（泰國=タイ）

   ＿＿＿＿＿はどうですか。

2. 非常便宜。

   とても＿＿＿＿＿です。

3. 泰國是什麼樣的國家呢？

　　　_____はどんな国^{くに}ですか。

4. 是熱鬧的國家。

　　にぎやか _____国^{くに}です。

5. 這是很好吃的拉麵。

　　これは _____ ラーメンです。

C 請回想範例會話的內容，在空格中寫上自己想說的話。

・（填入想問的國家）怎麼樣呢？

　_____

・這是很（填入形容詞）的（填入想形容的名詞）。

　_____

・（填入想問的人）是怎麼樣的人呢？

　_____

・（填入上一句的人）是很（填入想形容的詞）的人。

　_____

故郷
ふるさと

hu ru sa to

作詞：高野辰之　作曲：岡野貞一

兎追いし彼の山　小鮒釣りし彼の川
うさぎ お　　か やま　　こ ぶなつ　　　　か かわ

u sa gi o i shi ka no ya　ma ko bu na tsu ri shi ka no ka wa

夢は今も巡りて　忘れ難き故郷川
ゆめ いま めぐ　　　　わす がた　ふるさと

yu me ha i ma mo me gu ri te　wa su re ga ta ki hu ru sa to

如何にいます父母　羔無しや友がき
いか　　　　　ちちはは　　つつがな　　とも

i ka ni i ma su chi chi ha ha　tsu tsu ga na shi ya to mo ga ki

雨に風につけても　思いいずる故郷
あめ かぜ　　　　　　おも　　　　ふるさと

a me ni ka ze ni tsu ke te mo　o mo i i tsu ru hu ru sa to

志を果たして　いつの日にか歸らん
こころざし は　　　　　　　ひ　　かえ

ko ko ro za shi o ha ta shi te　i tsu no hi ni ka ka e ra n

山は青き故郷　水は清き故郷
やま あお ふるさと　みず きよ ふるさと

ya ma wa a o ki hu ru sa to　mi zu ha ki yo ki hu ru sa to

故鄉

追兔子的那座山，釣魚的那條溪

現在還是頻頻夢見，難忘的故鄉

父母日子過得如何，好友是否安好

風雨令我想起故鄉的記憶

完成了夢想，有日能回到我的故鄉

青山的故鄉，綠水的故鄉

「故 (ふるさと) (故鄉)」是流傳已超過一百年的知名童謠，作者年輕時離鄉到東京工作，歌詞反映他的鄉愁。用的文法比較古老。

第三章
常見單字片語

01 | 機場

A 常見片語：在機場

❶ 櫃檯

01. チェックイン、お願いします。
che k ku i n, o ne ga i shi ma su.
我要辦理登機手續。

02. 窓側をお願いします。
ma do ga wa o o ne ga i shi ma su.
請給我靠窗的位置。

03. 何番ゲートですか。
na n ba n ge e to de su ka.
是幾號登機口？

❷ 通關

04. 目的は観光です。
mo ku te ki wa ka n ko u de su.
目的是觀光。

05. 一週間滞在する予定です。
i s shu u ka n ta i za i su ru yo te i de su.
預定滯留一個禮拜。

06. 台湾元を日本円に換えてください。
ta i wa n ge n o ni ho n e n ni ka e te ku da sa i.
請把台幣換成日幣。

07. バスの乗り場はどこですか。
ba su no no ri ba wa do ko de su ka.
公車站在哪裡呢？

08. 新幹線切符売り場はどこですか。
shi n ka n se n ki p pu u ri ba wa do ko de su ka.
新幹線車票在哪裡買？

09. ガイドブックをもらってもいいですか。
ga i do bu k ku o mo ra t te mo i i de su ka.
可以拿觀光指南書嗎？

10. 荷物はどこで受け取れますか。
ni mo tsu wa do ko de u ke to re ma su ka.
行李在哪裡拿？

★出現單字

通路側 tsu u ro ga wa 靠走道

新幹線 shi n ka n se n 新幹線

両替所 ryo u ga e jo 匯兌處

ガイドブック ga i do bu k ku 觀光指南書

A 常見單字：在機場

❶ 櫃檯

01. **ターミナル** ta a mi na ru 航廈

02. **出発ロビー** shu p pa tsu ro bi i 出境大廳
   しゅっぱつ

03. **到着ロビー** to u cha ku ro bi i 入境大廳
   とうちゃく

04. **チェックインカウンター** che k ku i n ka u n ta a
   報到櫃檯

05. **手荷物** te ni mo tsu 隨身行李
   て にもつ

06. **預ける荷物** a zu ke ru ni mo tsu 托運行李
   あず　 にもつ

07. **カート** ka a to 行李推車

08. **エコノミークラス** e ko no mi i ku ra su 經濟艙

09. **ビジネスクラス** bi ji ne su ku ra su 商務艙

10. **ファーストクラス** fua a su to ku ra su 頭等艙

❷ 通關

11. **入国カード** nyu u ko ku ka a do 入境表
   にゅうこく

12. **税関申告カード** ze i ka n shi n ko ku ka a do 報稅表
   ぜいかんしんこく

13. **パスポート** pa su po o to 護照

14. **ビザ** bi za 簽證

15. 入国 nyu u ko ku 入境

16. 出国 shu k ko ku 出境

17. 乗り継ぎ no ri tsu gi 轉乘

18. エスカレーター e su ka re e ta a 手扶梯

19. エレベーター e re be e ta a 電梯

20. 危険物 ki ke n bu tsu 危險物品

21. ナイフ na i fu 小刀

22. ライター ra i ta a 打火機

23. ハサミ ha sa mi 剪刀

24. バッテリー ba t te ri i 電池

❸ 機場服務 ··

25. 両替所 ryo u ga e jo 匯兌處

26. 仮眠室 ka mi n shi tsu 休息室

27. シャワールーム sha wa a ru u mu 淋浴室

28. 有料ラウンジ yu u ryo u ra u n ji 付費貴賓室

29. Wi-Fi レンタル wa i fua a i re n ta ru 租借 Wi-Fi

30. 手荷物宅配便サービス te ni mo tsu ta ku ha i bi n sa a bi su 隨身行李寄送服務

❶ 飛機餐 ....

11. ジュースをください。
ju u su o ku da sa i.
請給我果汁。

12. 氷なしでお願いします。
ko o ri na shi de o ne ga i shi ma su.
請幫我去冰。

13. パンをもう一つください。
pa n o mo u hi to tsu ku da sa i.
請再給我一塊麵包。

14. ビーフをお願いします。
bi i fu o o ne ga i shi ma su.
請給我牛肉餐。

❷ 與空服員對話 ....

15. 気持ちが悪いんです。
ki mo chi ga wa ru i n de su.
我不太舒服。

16. トイレはどこですか。
to i re wa do ko de su ka.
廁所在哪？

17. ちょっと寒いんです。

cho t to sa mu i n de su.

有點冷。

❸ 設備要求

18. 毛布をください。

mo u fu o ku da sa i.

請給我毛毯。

19. これ、どう使うのですか。

ko re, do u tsu ka u no de su ka.

這個用法是什麼？

20. タッチパネルが反応しません。

ta c chi pa ne ru ga ha n no u shi ma se n.

觸控面板沒有反應。

21. これ、音が出ません。

ko re, o to ga de ma se n.

這個沒聲音。

★出現單字 ────────

氷 ko o ri 冰

気持ち ki mo chi 感覺、心情

タッチパネル ta c chi pa ne ru 觸控面板

音 o to （不包括人聲的）聲音

① 飛機餐

31. <ruby>機内食<rt>き ないしょく</rt></ruby> ki na i sho ku 飛機餐

32. <ruby>赤<rt>あか</rt></ruby>ワイン a ka wa i n 紅酒

33. <ruby>白<rt>しろ</rt></ruby>ワイン shi ro wa i n 白酒

34. シャンパン sha n pa n 香檳

35. コーラ ko o ra 可樂

36. スプライト su pu ra i to 雪碧

37. ソーダ so o da 蘇打汽水

38. アップルジュース a p pu ru ju u su 蘋果汁

39. コーヒー ko o hi i 咖啡

40. ホットティー ho t to tei i

41. お<ruby>水<rt>みず</rt></ruby> o mi zu 開水

42. ビーフ bi i fu 牛肉

43. チキン chi ki n 雞肉

44. ポーク po o ku 豬肉

45. バター ba ta a 奶油

46. 果物 ku da mo no

47. お菓子 o ka shi 零食

48. フォーク fuo o ku 叉子

49. スプーン su pu u n 湯匙

❷ 與空服員對話

50. 客室乗務員 kya ku shi tsu jo u mu i n 空服員

51. 着陸 cha ku ri ku 起飛

52. 離陸 ri ri ku 降落

53. 到着 to u cha ku 抵達

54. 手荷物棚 te ni mo tsu da na 行李架

❸ 設備要求

55. 毛布 mo u fu 毛毯

56. 枕 ma ku ra 枕頭

57. テーブル te e bu ru 桌子

58. イヤホン i ya ho n 耳機

59. 救命胴衣 kyu u me i do u i 救生衣

60. 非常口 hi jo u gu chi 緊急出口

02｜路上

MJ_3_2.mp3

A 常見片語：關於交通及地點

❶ 問路

01. 池袋駅はどこですか。
i ke bu ku ro e ki wa do ko de su ka.
池袋車站在哪裡？

02. ここから一番近いバス停はどこですか。
ko ko ka ra i chi ba n chi ka i ba su te i wa do ko de su ka.
離這裡最近的公車站在哪裡？

03. どうやって清水寺に行きますか。
do u ya t te ki yo mi zu te ra ni i ki ma su ka.
怎麼到清水寺呢？

04. これ、新宿行きの電車ですか。
ko re, shi n ju ku yu ki no de n sha de su ka.
這個，是往新宿的電車嗎？

❷ 與路人、服務員溝通

05. もう一度言ってもらえますか。
mo u i chi do i t te mo ra e ma su ka.
可以再講一次嗎？

06. もっとゆっくり話<ruby>話<rt>はな</rt></ruby>してもらえますか。

mo t to yu k ku ri ha na shi te mo ra e ma su ka.

可以再講慢一點嗎？

07. 連<ruby>連<rt>つ</rt></ruby>れて行<ruby>行<rt>い</rt></ruby>ってもらえますか。

tsu re te i t te mo ra e ma su ka.

可以帶我去嗎？

❸ 與站員、計程車司機溝通 ·····

08. JR PASS 使<ruby>使<rt>つか</rt></ruby>えますか。

jie e a ru pa su tsu ka e ma su ka.

能用 JR PASS 嗎？

09. これ、シャトルバスですか。

ko re, sha to ru ba su de su ka.

這是接駁公車嗎？

10. スカイツリーまでお願<ruby>願<rt>ねが</rt></ruby>いします。

su ka i tsu ri i ma de o ne ga i shi ma su.

麻煩到晴空塔。

11. これ、トランクに入<ruby>入<rt>い</rt></ruby>れたいんです。

ko re, to ra n ku ni i re ta i n de su.

我想把這個放到後車廂。

A 常見單字：關於交通及地點

❶ 問路

01. **歩道橋** ほどうきょう ho do u kyo u 天橋

02. **歩道** ほどう ho do u 人行道

03. **横断歩道** おうだん ほどう o u da n ho do u 斑馬線

04. **信号** しんごう shi n go u 紅綠燈

05. **東口** ひがしぐち hi ga shi gu chi 東口

06. **西口** にしぐち ni shi gu chi 西口

07. **南口** みなみぐち mi na mi gu chi 南口

08. **北口** きたぐち ki ta gu chi 北口

09. **出口** でぐち de gu chi 出口

10. **入口** いりぐち i ri gu chi 入口

11. **コインロッカー** ko i n ro k ka a 置物櫃

❷ 與路人、服務員溝通

12. **サービスカウンター** sa a bi su ka u n ta a 服務台

13. **インフォメーションセンター** i n fuo me e sho n se n ta a 諮詢中心

14. **免税カウンター** めんぜい me n ze i ka u n ta a 免税櫃台

15. パンフレット pa n fu re t to 宣傳冊

16. 車椅子 ku ru ma i su 輪椅
（くるま い す）

❸ 與站員、計程車司機溝通 ·····························

17. モバイルSuica mo ba i ru su i ca 電子西瓜卡

18. 構内 ko u na i 站內
（こうない）

19. 乗り換え no ri ka e 轉乘
（の か）

20. 時刻表 ji ko ku hyo u 時刻表
（じ こくひょう）

21. 地図 chi zu 地圖
（ち ず）

22. タッチ ta c chi 嗶（卡）

23. 電子マネー de n shi ma ne e 電子錢包
（でん し）

24. チャージ cha a ji 儲值

25. 残高 za n da ka 餘額
（ざんだか）

26. 切符 ki p pu 車票
（き っぷ）

27. 改札口 ka i sa tsu gu chi 剪票口
（かいさつぐち）

28. 商店街 sho u te n ga i 商店街
（しょうてんがい）

29. お台場 o da i ba 台場（知名景點）
（だい ば）

30. 東京タワー to u kyo u ta wa a 東京鐵塔
（とうきょう）

① 詢問

12. チケット売り場はどこですか。
chi k t to u ri ba wa do ko de su ka.
售票處在哪？

13. 大人二人、子供二人、お願いします。
o to na fu ta ri, ko do mo fu ta ri, o ne ga i shi ma su.
請給我大人兩張、小孩兩張。

14. 写真を撮っていただけませんか。
sha shi n o to t te i ta da ke ma se n ka.
可以幫我拍照嗎？

15. 写真を撮ってもいいですか。
sha shi n o to t te mo i i de su ka.
我可以拍照嗎？

16. お土産屋は何階ですか。
o mi ya ge ya wa na n ga i de su ka.
土產店在幾樓？

② 觀光客之間交流

17. 空気が美味しいですね。
ku u ki ga o i shi i de su ne.
空氣真清新呢。

18. 素敵なところですね。
su te ki na to ko ro de su ne.
好棒的地方。

19. 私は台湾から来ました。
wa ta shi wa ta i wa n ka ra ki ma shi ta.
我從台灣來的。

20. 東京の方なんですか。
to u kyo u no ka ta na n de su ka.
您是東京人嗎？

21. 北海道は寒いですね。
ho k ka i do u wa sa mu i de su ne.
北海道真冷呢。

22. 温泉気持ちいいですね。
o n se n ki mo chi i i de su ne.
溫泉真舒服。

23. 沖縄は海がきれいですね。
o ki na wa wa u mi ga ki re i de su ne.
沖繩的海真漂亮。

24. おすすめの観光スポットありますか。
o su su me no ka n ko u su po t to a ri ma su ka.
你有推薦的觀光景點嗎？

25. お土産は何がいいでしょうか。
o mi ya ge wa na ni ga i i de syo u ka.
有什麼好的伴手禮嗎？

❶ 詢問

31. ハガキ ha ga ki 名信片

32. 切手 ki t te 郵票

33. ポスト po su to 郵筒

34. 記念写真 ki ne n sha shi n 紀念相片

35. 記念撮影 ki ne n sa tsu e i 紀念攝影

36. 土足禁止 do so ku ki n shi 禁止穿鞋

37. 立入禁止 ta chi i ri ki n shi 禁止進入

38. 追加料金 tsu i ka ryo u ki n 追加費用

❷ 觀光客之間交流

39. 連休 re n kyu u 連假

40. 関東 ka n to u 關東

41. 関西 ka n sa i 關西

42. イベント i be n to 活動

43. 祭 ma tsu ri 祭典

44. 花火大会 ha na bi ta i ka i 花火大會

45. **神社** じんじゃ ji n ja 神社

46. **絵馬** えま e ma 繪馬

47. **お守り** まも o ma mo ri 御守

48. **おみくじ** o mi ku ji 籤詩

49. **参拝** さんぱい sa n pa i 參拜

50. **お寺** てら o te ra 寺廟

51. **福島** ふくしま fu ku shi ma 福島

52. **青森** あおもり a o mo ri 青森

53. **奈良** なら na ra 奈良

54. **神戸** こうべ ko u be 神戶

55. **京都** きょうと kyo u to 京都

56. **大阪** おおさか o o sa ka 大阪

57. **熊本** くまもと ku ma mo to 熊本

58. **福岡** ふくおか fu ku o ka 福岡

59. **沖縄** おきなわ o ki na wa 沖繩

60. **北海道** ほっかいどう ho k ka i do u 北海道

03│旅館

MJ_3_3.mp3

A 常見片語：櫃檯

❶ 入住、退宿 ··

01. 予約した○○○です。
yo ya ku shi ta OOO de su.
我是有預約的○○○（姓名）。

02. チェックインしたいんですが。
che k ku i n shi ta i n de su ga.
我想 check in。

03. チェックアウトしたいんですが。
che k ku a u to shi ta i n de su ga.
我想 check out.

04. 部屋は何号室ですか。
he ya wa na n go u shi tsu de su ka.
房間是幾號房？

05. 禁煙ルームをお願いします。
ki n e n ru u mu o o ne ga i shi ma su.
請給我禁菸房。

06. エキストラベッド、お願^{ねが}いできますか。

e ki su to ra be d do, o ne ga i de ki ma su ka.

可以加床嗎？

07. ルームサービスをお願^{ねが}いします。

ru u mu sa a bi su o o ne ga i shi ma su.

我要客房服務。

08. 鍵^{かぎ}をなくしてしまいました。

ka gi o na ku shi te shi ma i ma shi ta.

我把鑰匙弄丟了。

09. 大浴場^{だいよくじょう}はどこですか。

da i yo ku jo u wa do ko de su ka.

大澡堂在哪？

10. 朝食付^{ちょうしょく つ}きですか。

cho u sho ku tsu ki de su ka.

附早餐嗎？

★出現單字

喫煙^{きつえん}ルーム ki tsu e n ru u mu 吸菸房

旅館、飯店會因住客是否吸菸將房間安排到
不同的樓層，不過通常要特別跟旅館員工通
知才可以分到可以吸菸的房間。

A 常見單字：櫃檯

❶ 入住、退宿

01. チェックイン che k ku i n 入住手續

02. チェックアウト che k ku a u to 退宿手續

03. 名前 na ma e 姓名

04. 宿泊カード shu ku ha ku ka a do 住宿登記表

05. コピー ko pi i 複印

06. フロア fu ro a 樓層

07. ベルデスク be ru de su ku 服務台

08. フロントデスク fu ro n to de su ku 櫃檯

09. ロビー ro bi i 大廳

10. 非常口 hi jo u gu chi 安全門

11. カードキー ka a do ki i 門房卡

12. ベッド be d do 床

13. シングル shi n gu ru 單人房

14. ダブル da bu ru 雙人房

15. セミダブル se mi da bu ru 經濟雙人房

16. **ツイン** tsu i n 雙人房（兩張單人床）

17. **オーシャンビュー** o o sha n byu u 海景

18. **宿泊費** <ruby>しゅくはく<rt></rt></ruby> shu ku ha ku hi 住宿費

19. **追加料金** <ruby>つい か りょうきん<rt></rt></ruby> tsu i ka ryo u ki n 追加費用

❷ 服務 ···

20. **ハウスキーピング** ha u su ki i pi n gu 清潔服務

21. **モーニングコール** mo o ni n gu ko o ru Morning call

22. **クリーニング** ku ri i ni n gu 送洗衣服

23. **コインランドリー** ko i n ra n do ri i 自助洗衣機

❸ 飯店早餐 ···

24. **朝食券** <ruby>ちょうしょくけん<rt></rt></ruby> cho u sho ku ke n 早餐券

25. **ミニバー** mi ni ba a 迷你吧台

26. **レストラン** re su to ra n 餐廳

27. **トースター** to o su ta a 烤麵包機

28. **ビュッフェ** byu f fue Buffet

29. **お皿** <ruby>さら<rt></rt></ruby> o sa ra 盤子

30. **グラス** gu ra su 玻璃杯

❶ 房務

11. エアコンが壊れているみたいです。
e a ko n ga ko wa re te i ru mi ta i de su.
空調好像壞了。

12. トイレットペーパーを使い切りました。
to i re t to pe e pa a o tsu ka i ki ri ma shi ta.
廁所衛生紙用完了。

13. タオルをもう一枚ください。
ta o ru o mo u i chi ma i ku da sa i.
請再給我一條毛巾。

14. Wi-Fiがつながりません。
wa i fua a i ga tsu na ga ri ma se n.
無法連上 Wi-Fi。

15. 蛇口からお湯が出ません。
ja gu chi ka ra o yu ga de ma se n.
水龍頭沒熱水。

16. 隣の部屋はうるさいです。
to na ri no he ya wa u ru sa i de su.
隔壁房間很吵。

❷ 飯店餐廳

17. 朝食は何時までですか。
cho u sho ku wa na n ji ma de de su ka.
早餐到幾點呢？

18. 食べ放題ですか。
た ほうだい
ta be ho u da i de su ka.
吃到飽嗎？

19. 飲み放題ですか。
の ほうだい
no mi ho u da i de su ka.
喝到飽嗎？

20. 目玉焼きをください。
め だま や
me da ma ya ki o ku da sa i.
請給我荷包蛋。

21. ベジタリアンメニューはありますか。
be ji ta ri a n me nyu u wa a ri ma su ka.
有素食嗎？

22. 飲み物はどこですか。
の もの
no mi mo no wa do ko de su ka.
飲料在哪裡？

23. コーヒーメーカーの使い方を教えてください。
つか かた おし
ko o hi i me e ka a no tsu ka i ka ta o o shi e te ku da sa i.
請教我怎麼用咖啡機。

24. おすすめの食べる順番はありますか。
た じゅんばん
o su su me no ta be ru ju n ba n wa a ri ma su ka.
有建議的吃的順序嗎？

25. ビールください。
bi i ru ku da sa i.
請給我啤酒。

B 常見單字：服務、反應

❶ 房務 ....

31. 浴衣 yu ka ta 浴衣
32. 布団 fu to n 棉被
33. バスタオル ba su ta o ru 浴巾
34. タオル ta o ru 毛巾
35. トイレットペーパー to i re t to pe e pa a 廁所衛生紙
36. ドライヤー do ra i ya a 吹風機
37. 電気ケトル de n ki ke to ru 煮水壺
38. リモコン ri mo ko n 遙控器
39. ドライヤー do ra i ya a 吹風機
40. 冷蔵庫 re i zo u ko 冰箱
41. ハンガー ha n ga a 衣架
42. クローゼット ku ro o ze t to 衣櫃
43. バスタブ ba su ta bu 浴缸
44. 便器 be n ki 馬桶
45. シャワーヘッド sha wa a he d do 蓮蓬頭

46. シャワーカーテン sha wa a ka a te n 浴簾

47. コップ ko p pu 杯子

48. くし ku shi 梳子

49. シェーバー she e ba a 刮鬍刀

50. シャワーキャップ sha wa a kya p pu 浴帽

51. 綿棒 (めんぼう) me n bo u 棉花棒

52. 歯磨き粉 (はみがこ) ha mi ga ki ko 牙膏

53. 歯ブラシ (は) ha bu ra shi 牙刷

54. シャンプー sha n pu u 洗髮乳

55. リンス ri n su 潤髮乳

56. ボディソープ bo dei so o pu 沐浴乳

② 飯店、餐廳

57. 納豆 (なっとう) na t to u 納豆

58. サバ sa ba 鯖魚

59. ハム ha mu 火腿

60. カレー ka re e 咖哩

04 | 商店

A 常見片語：購物、找東西

❶ 找東西

01. こちらにこれはありますか。
ko chi ra ni ko re wa a ri ma su ka.
這邊有這個嗎？

02. ちょっと見ているだけです。
cho t to mi te i ru da ke de su.
我只是稍微看看。

03. それ、見せてください。
so re, mi se te ku da sa i.
請給我看那個。

04. 痛み止めを探しているんですが。
i ta mi do me o sa ga shi te i ru n de su ga.
我在找止痛藥。

❷ 詢問

05. これ、いくらですか。
ko re, i ku ra de su ka.
這是多少錢？

06. 割引はありますか。
wa ri bi ki wa a ri ma su ka.
有折扣嗎？

07. どれが一番安いですか。
do re ga i chi ba n ya su i de su ka.
哪個是最便宜的？

08. どれがお買い得ですか。
do re ga o ka i do ku de su ka.
哪個最划算？

09. もう少し安くなりませんか。
mo u su ko shi ya su ku na ri ma se n ka.
可以再便宜一點嗎？

10. こっちの安いのをください。
ko c chi no ya su i no o ku da sa i.
請給我這個便宜的。

11. カードでお会計できますか。
ka a do de o ka i ke i de ki ma su ka.
結帳可以刷卡嗎？

12. 試着してもいいですか。
shi cha ku shi te mo i i de su ka.
可以試穿嗎？

13. 領収書ください。
ryo u syu u syo ku da sa i.
請給我收據。

14. この値段は税込ですか。
ko no ne da n wa ze i ko mi de su ka.
這個價錢含稅嗎？

❶ 找東西

01. シャツ sha tsu 襯衫

02. セーター se e ta a 毛衣

03. スカート su ka a to 裙子

04. Tシャツ tei i sha tsu T恤

05. コート ko o to 大衣

06. マフラー ma fu ra a 圍巾

07. ヒートテック hi i to te k ku 發熱衣

08. 目薬 me gu su ri 眼藥水

09. アリナミン a ri na mi n 合利他命

10. ニキビケア ni ki bi ke a 痘痘藥

11. かゆみ止め ka yu mi do me 止癢藥

12. 胃薬 i gu su ri 胃藥

13. せき止め se ki do me 止咳藥

14. のど飴 no do a me 喉糖

15. のどスプレー no do su pu re e 喉嚨消菌劑

16. 瀉下薬 ^{しゃ げ やく} sha ge ya ku 瀉藥、便秘藥

16. 瀉下薬 sha ge ya ku 瀉藥、便秘藥

17. おむつ o mu tsu 尿布

18. 粉ミルク ko na mi ru ku 奶粉

19. ナプキン na pu ki n 衛生棉

20. ビタミン bi ta mi n 維他命

21. ルテイン ru te i n 葉黃素

22. フィッシュオイル fui s shu o i ru 魚油

23. マッサージガン ma s sa a ji ga n 按摩槍

❷ 詢問

24. 半額 ha n ga ku 半價

25. バーゲンセール ba a ge n se e ru 大拍賣

26. クーポン ku u po n 優惠券

27. 産地 sa n chi 產地

28. メーカー me e ka a 製造商

29. 景品 ke i hi n 贈品

30. 高い ta ka i 貴

B 常見片語：與店家溝通

❶ 商品溝通

15. **サイズが合わなかったんです。**
sa i zu ga a wa na ka t ta n de su.
尺寸不合。

16. **もう一つ大きいサイズはありますか。**
mo u hi to tsu o o ki i sa i zu wa a ri ma su ka.
有大一號的尺寸嗎？

17. **これの色違いはありますか。**
ko re no i ro chi ga i wa a ri ma su ka.
這個有其他顏色嗎？

18. **これでいいです。**
ko re de i i de su.
這個就可以了。

19. **予算オーバーです。**
yo sa n o o ba a de su.
超出預算了。

❷ 退換貨及運送

20. **返品したいんですが。**
he n pi n shi ta i n de su ga.
我想退貨。

21. これ、交換してもらえますか。

ko re, ko u ka n shi te mo ra e ma su ka.

可以換貨嗎？

22. 他の商品と交換したいんですが。

ho ka no sho u hi n to ko u ka n shi ta i n de su ga.

我想更換其他商品。

23. 海外発送ができますか。

ka i ga i ha s so u ga de ki ma su ka.

能寄海外嗎？

24. ここ、ちょっと傷があるんですが。

ko ko, cho t to ki zu ga a ru n de su ga.

這裡有點損傷。

① 商品溝通

31. **ピッタリ** pi t ta ri 合身

32. **きつい** ki tsu i 太緊

33. **無地** mu ji 素色
    <ruby>む<rt></rt></ruby><ruby>じ<rt></rt></ruby>

34. **地味** ji mi 樸素
    <ruby>じ<rt></rt></ruby><ruby>み<rt></rt></ruby>

35. **柄** ga ra 花樣
    <ruby>がら<rt></rt></ruby>

36. **牛革** gyu u ka wa 牛皮
    <ruby>ぎゅうがわ<rt></rt></ruby>

37. **本革** ho n ga wa 真皮
    <ruby>ほんがわ<rt></rt></ruby>

38. **小さい** chi i sa i 小的
    <ruby>ちい<rt></rt></ruby>

39. **長い** na ga i 長的
    <ruby>なが<rt></rt></ruby>

40. **短い** mi ji ka i 短的
    <ruby>みじ<rt></rt></ruby>

41. **布地** nu no ji 質料
    <ruby>ぬの<rt></rt></ruby><ruby>じ<rt></rt></ruby>

42. **ウール** u u ru 羊毛

43. **絹** ki nu 絲織品
    <ruby>きぬ<rt></rt></ruby>

44. **ナイロン** na i ro n 尼龍

45. **綿** wa ta 棉織品
    <ruby>わた<rt></rt></ruby>

46. **カシミヤ** ka shi mi ya 喀什米爾羊毛

47. **サテン** sa te n 緞布

48. **赤い** a ka i 紅色的

49. **白い** shi ro i 白色的

50. **黒い** ku ro i 黑色的

51. **青い** a o i 藍色的

52. **ピンク** pi n ku 粉紅色的

53. **機能** ki no u 功能

54. **モード** mo o do 模式

❷ 退換貨及運送

55. **欠陥品** ke k ka n hi n 瑕疵品

56. **故障** ko sho u 故障

57. **処分** sho bu n 銷毀

58. **メンテナンス** me n te na n su 維修

59. **電圧** de n a tsu 電壓

60. **保証期間** ho sho u ki ka n 保固期

163

05 | 飲食店

MJ_3_5.mp3

A 常見片語：與店員溝通、要求

❶ 進門消費

01. どうやって食券を買いますか。
do u ya t te sho k ke n o ka i ma su ka.
要怎麼買餐券呢？

02. 席はありますか。
se ki wa a ri ma su ka.
有位子嗎？

03. 禁煙席をお願いします。
ki n e n se ki o o ne ga i shi ma su.
請給我禁菸座。

04. 個室をください。
ko shi tsu o ku da sa i.
請給我包廂。

05. 注文したいです。
chu u mo n shi ta i de su.
我想點餐。

06. テイクアウトできますか。
te i ku a u to de ki ma su ka.
能外帶嗎？

164

07. お会計お願いします。

o ka i ke i o ne ga i shi ma su.

麻煩結帳。

08. 会計は別々でお願いします。

ka i ke i wa be tsu be tsu de o ne ga i shi ma su.

請分開結。

09. カードでお願いします。

ka a do de o ne ga i shi ma su.

我要用信用卡。

10. 現金でお願いします。

ge n ki n de o ne ga i shi ma su.

我要用現金付。

★**出現單字**

禁煙席 ki n e n se ki 禁菸座

日本在2020年實施室內禁菸，但並非強制。有些店家會標示可以吸菸，去這類地方但又不想吸二手菸的話就要特地挑禁菸座。

A 常見單字：與店員溝通、要求

1 進門消費

01. む りょう
無料 mu ryo u 免費

02. ゆうりょう
有料 yu u ryo u 付費

03. **メニュー** me nyu u 菜單

04. たんぴん
単品 ta n pi n 單點

05. **セット** se t to 套餐

06. しょっけんはんばい き
食券販売機 sho k ke n ha n ba i ki 餐券販賣機

07. **コイン** ko i n 硬幣

08. さつ
お札 o sa tsu 鈔票

09. さいていしょう ひ がく
最低消費額 sa i te i sho u hi ga ku 低消

10. ちゅうしゃじょう
駐車場 chu u sha jo u 停車場

11. **おまけ** o ma ke 招待贈品

12. きんえんせき
禁煙席 ki n e n se ki 禁菸座

13. きつえんせき
喫煙席 ki tsu e n se ki 吸菸座

14. あいせき
相席 a i se ki 併桌

15. くうせき
空席 ku u se ki 空位

16. **予約** <ruby>予約<rt>よやく</rt></ruby> yo ya ku 預約

17. **ラストオーダー** ra su to o o da a 最後點餐時間

18. **手持ち** <ruby>手持<rt>てもち</rt></ruby>ち te mo chi 手拿

❷ 結帳

19. **レジ** re ji 結帳櫃檯

20. **前払い** <ruby>前払<rt>まえばら</rt></ruby>い ma e ba ra i 先付

21. **後払い** <ruby>後払<rt>あとばら</rt></ruby>い a to ba ra i 後付

22. **カード** ka a do 信用卡

23. **一括払い** <ruby>一括払<rt>いっかつばら</rt></ruby>い i k ka tsu ba ra i 一次付清

24. **分割払い** <ruby>分割払<rt>ぶんかつばら</rt></ruby>い bu n ka tsu ba ra i 分期付款

25. **サイン** sa i n 簽名

26. **スマホ決済** <ruby>スマホ決済<rt>けっさい</rt></ruby> su ma ho ke s sa i 行動支付

27. **現金** <ruby>現金<rt>げんきん</rt></ruby> ge n ki n 現金

28. **カルトン** ka ru to n 零錢盤

29. **お釣り** <ruby>お釣<rt>つ</rt></ruby>り o tsu ri 零錢

30. **領収書** <ruby>領収書<rt>りょうしゅうしょ</rt></ruby> ryo u shu u sho 收據

❶ 點餐

11. お<ruby>通<rt>とお</rt></ruby>しはいくらですか。
o to o shi wa i ku ra de su ka.
前菜多少錢呢？

12. お<ruby>薦<rt>すす</rt></ruby>めは<ruby>何<rt>なん</rt></ruby>ですか。
o su su me wa na n de su ka.
有沒有推薦的？

13. <ruby>日替<rt>ひ がわ</rt></ruby>わりランチは<ruby>何<rt>なん</rt></ruby>ですか。
hi ga wa ri ra n chi wa na n de su ka.
今日午餐是什麼？

14. オームライス、お<ruby>願<rt>ねが</rt></ruby>いします。
o o mu ra i su, o ne ga i shi ma su.
請給我歐姆蛋包飯。

15. ホットでお<ruby>願<rt>ねが</rt></ruby>いします。
ho t to de ne ga i shi ma su.
請給我熱的。

★出現單字

アイス a i su 冰的

ホット ho t to 熱的
在日本，許多店家會直接在菜單列出「アイスコーヒー（冰咖啡）」、「アイスティー（冰紅茶）」，這時當然就沒辦法要求做「ホット（熱）」的囉。

16. ビールを一人一杯ずつ、お願いします。

bi i ru o hi to ri i p pa i zu tsu, o ne ga i shi ma su.

請給我們一人一杯啤酒。

❷ 反應

17. すみません、もう20分待っているんですが。

su mi ma se n, mo u ni ju p pu n ma t te i ru n de su ga.

不好意思，我已經等了 20 分了。

18. すみません、これ、噛み切れないです。

su mi ma se n, ko re , ka mi ki re na i de su.

不好意思，這個咬不動。

19. すみません、お箸落としてしまったので。

su mi ma se n, o ha shi o to shi te shi ma t ta no de.

不好意思，我筷子掉了。

20. 辛いものが苦手です。

ka ra i mo no ga ni ga te de su.

我沒辦法吃辣。

B 常見單字：餐點

❶ 點餐

31. **懷石料理** ka i se ki ryo u ri 懷石料理

32. **お好み焼き** o ko no mi ya ki 大阪燒/廣島燒

33. **チャーハン** cha a ha n 炒飯

34. **餃子** gyo u za 煎餃

35. **牛丼** gyu u do n 牛丼

36. **天丼** te n do n 天婦羅丼

37. **親子丼** o ya ko do n 親子丼

38. **つけ麺** tsu ke me n 沾麵

39. **焼きそば** ya ki so ba 炒麵

40. **そば** so ba 蕎麥麵

41. **うどん** u do n 烏龍麵

42. **豚骨ラーメン** to n ko tsu ra a me n 豚骨拉麵

43. **味噌ラーメン** mi so ra a me n 味噌拉麵

44. **塩ラーメン** shi o ra a me n 鹽味拉麵

45. **醤油ラーメン** sho u yu ra a me n 醬油拉麵

46. チャーシュー麺 cha a shu u me n 叉燒拉麵

47. 握り寿司 ni gi ri zu shi 握壽司

48. 散らし寿司 chi ra shi zu shi 散壽司

49. 手巻き寿司 te ma ki zu shi 壽司手捲

50. 太巻き寿司 fu to ma ki zu shi 粗壽司

51. 軍艦巻き gu n ka n ma ki
軍艦壽司

52. ワサビ wa sa bi 山葵（哇沙米）

53. 茶碗蒸し cha wa n mu shi
茶碗蒸

54. たこ焼き ta ko ya ki 章魚燒

55. コロッケ ko ro k ke 可樂餅

★補充單字

花寿司 ha na zu shi
一種將裡面包的材料排列成某種圖案的壽司卷。花的圖案特別常見，也有各種動物或是笑臉之類的版本。是「太巻き寿司（粗壽司）」的一種。

② 反應

56. ナプキン na pu ki n 餐巾紙

57. おしぼり o shi bo ri 濕毛巾

58. 塩 shi o 鹽

59. 七味唐辛子 shi chi mi to u ga ra shi 七味粉

60. 割り箸 wa ri ba shi 免洗筷

附錄
填空練習題解答

01 | 自我介紹

A.

01. 初めまして。

02. 私は夏子です。

03. 私の趣味は歌です。

04. 台湾から来ました。

05. 日本語はあまりできません。

06. どうぞよろしくお願いします。

B.

01. 我是夏子。

 私は夏子です。

02. 我來自台北。

 台北から来ました。

02｜詢問、問路、解惑

A.

01. トイレはどこですか。

02. あそこです。

03. トイレットペーパーはありますか。

04. はい、ありますよ。

05. わかりました。ありがとうございました。

B.

01. 那個，不好意思。

   あの、すみません。

02. 會場在哪裡呢？
   会場はどこですか。

03. 有飲料嗎？
   飲み物はありますか。

04. 是，有喔。

   はい、ありますよ。

05. 我明白了。謝謝。

わかりました。ありがとうございました。

03 | 聊天、招呼

A.

01. おはようございます。

02. こんにちは。

03. おやすみなさい。

04. どういたしまして。

05. お元気_{げんき}ですか。

B.

01. 那麼，再見。

じゃ、また。

02. 你過得好嗎？

お元気_{げんき}ですか。

03. 多虧您的福，我很好。

おかげさまで、元気です。

04. 沒事吧？

大丈夫ですか。

05. 真是好天氣呢。

いい天気ですね。

04 | 動詞

01. 一緒にお酒を飲みませんか。

02. いいですね。飲みましょう。

03. もう晩ごはんを食べましたか。

04. いいえ、まだです。

05. はい、注文、お願いします。

B.

01. 要不要一起喝茶呢？

   いっしょ　　　　ちゃ　　の
   一緒にお茶を飲みませんか。

02. 好啊，喝吧。

   いいですね。飲みましょう。
   　　　　　　　の

03. 已經吃午餐了嗎？

   　　　ひる　　　　　た
   もう昼ごはんを食べましたか。

04. 是，已經吃了。

   　　　　　　た
   はい、もう食べました。

05. 那麼，複印，麻煩你了。

   　　　　　　　　　　　ねが
   じゃ、コピー、お願いします。

05 | 助詞

A.

　なつこ　　かさ
01. 夏子の傘です。

　　じ　　お
02. 6時に起きます。

178

03. 家族でおばあさんが一番優しいです。
<ruby>家族<rt>か ぞく</rt></ruby>でおばあさんが<ruby>一番優<rt>いちばんやさ</rt></ruby>しいです。

04. パンを食べます。
パンを<ruby>食<rt>た</rt></ruby>べます。

05. 公園を散歩します。
<ruby>公園<rt>こうえん</rt></ruby>を<ruby>散歩<rt>さんぽ</rt></ruby>します。

06. 料理が上手です。
<ruby>料理<rt>りょうり</rt></ruby>が<ruby>上手<rt>じょうず</rt></ruby>です。

B.

01. 夏子也是台灣人。
<ruby>夏子<rt>なつこ</rt></ruby>も<ruby>台湾人<rt>たいわんじん</rt></ruby>です。

02. 從台北到高雄。
<ruby>台北<rt>たいぺい</rt></ruby>から<ruby>高雄<rt>たかお</rt></ruby>までです。

03. 在房間給零用錢。
<ruby>部屋<rt>へや</rt></ruby>で<ruby>小遣<rt>こづか</rt></ruby>いをあげます。

04. 給零用錢和玩具。
<ruby>小遣<rt>こづか</rt></ruby>いとおもちゃをあげます。

05. 由爸爸吃。
<ruby>父<rt>ちち</rt></ruby>が<ruby>食<rt>た</rt></ruby>べます。

06. 日本比台灣大。
<ruby>日本<rt>にほん</rt></ruby>は<ruby>台湾<rt>たいわん</rt></ruby>より<ruby>大<rt>おお</rt></ruby>きいです。

06｜形容詞

A.

01. 日本料理はどうですか。

02. とてもおいしいです。

03. 日本はどんな国ですか。

04. きれいな国です。

05. 日本の富士山はどんな山ですか。

06. 高い山です。

B.

01. 泰國料理怎麼樣呢？

    タイ料理はどうですか。

02. 非常便宜。

    とても安いです。

03. 泰國是什麼樣的國家呢？

    タイはどんな国ですか。

04. 是熱鬧的國家。

にぎやかな国<ruby>国<rt>くに</rt></ruby>です。

05. 這是很好吃的拉麵。

これはおいしいラーメンです。

作者：許心潔

作者：李信惠

扎實日語基礎、靈活運用日語會話，兩種能力一次滿足！
「聽、說、讀、寫」，一套全包！絕對超值的綜合日語自學書！
不管是「初學者」，還是「重新學習者」均適用！

  國際學村 LA PRESS 語研學院 Language Academy Press

語言學習NO.1

學英語

在校學生輕鬆搞懂文法開竅，
社會人士找回正確文法概念！

ENGLISH GRAMMAR

真希望
文法
這樣教

牧野智一◎著 陳書賢◎譯

首創串聯國高中6年所有英文概念與文法起源
學過一次就不會忘記的英文教科書！

系列暢銷
100萬冊

國際學村

學韓語

TOPIK新韓檢初到中級必考單字

我的第一本
韓語單字

全彩圖解主題式分類，教學方便、自學輕鬆！

張承延◎著 諾金吳◎譯

全新・基礎字彙

KOREAN

Korean study easy vocabulary!

語言學習
NO.1

學日語

自學、教學都通用

我的第一本
日語課本

│QR碼行動學習版│

適用完全初學、從零開始的日文學習者！

Beginning to Early Intermediate

JAPANESE

MADE EASY!

奧村裕次・林旦妃◎著 小堀和彥◎審訂

第二外語

最好學的義大利語入門書

我的第一本
義大利語課本

本書通用完全初學、從零開始的義大利文學習者！

徐蝴蝶◎著 蔡孟翰◎譯

ITALIAN

made easy!

HACKERS × 國際學村

考多益

修訂版

新制**多益**
全新！**TOEIC**
聽力＋閱讀
第一次考多益就高分
全方位指南

Hackers Academia◎著
Tina・Emma Ferg◎譯

解題精華速效版，短期集中特訓！

考日檢

N5-N1
新日檢
文法大全

精選出題頻率最高的考用文法，
全級數一次通過！

金星坤◎著 白桉弘◎監修 潘亮珠◎譯
審定 輔仁大學日本語文學系 高資珠 副教授

適合任何級別的日檢考生
常見、不冷僻，準確滿足各種日檢考前準備
最詳盡的文法解釋及例句說明，精選考試必考文法

五十音索引加強化，隨時隨找還能隨意查，更適合考前複習

考韓檢

全國唯一3～6級分級解析

NEW TOPIK II
新韓檢 中高級

試題全面剖析

全方位拆解中高級考古題試卷

可針對想考級數精確準備各級韓檢的備考書！

考英檢

符合最新出題趨勢

NEW GEPT
新制全民英檢

10回試題完全掌握最新內容與趨勢！

中級 **聽力＆閱讀**
題庫大全

國際學村

想獲得最新最快的
語言學習情報嗎？

歡迎加入
國際學村&語研學院粉絲團

台灣廣廈 國際出版集團
Taiwan Mansion International Group

國家圖書館出版品預行編目（CIP）資料

我的第一本中高齡日語課本：自學、教學都適用！字大圖大好
閱讀，從50音到日常會話一本搞定！/ 許心瀅著. -- 初版. -- 新
北市：國際學村出版社, 2023.12
　　面；　公分.
ISBN 978-986-454-315-1（平裝附光碟片）
1.CST: 日語　2.CST: 讀本

803.18　　　　　　　　　　　　　　　　112017222

國際學村

我的第一本中高齡日語課本

作　　　者／許心瀅	編輯中心編輯長／伍峻宏・**編輯**／尹紹仲	
	封面設計／曾詩涵・**內頁排版**／菩薩蠻數位文化有限公司	
	製版・印刷・裝訂／東豪・弼聖・明和	

行企研發中心總監／陳冠蒨	線上學習中心總監／陳冠蒨
媒體公關組／陳柔彣	數位營運組／顏佑婷
綜合業務組／何欣穎	企製開發組／江季珊・張哲剛

發　行　人／江媛珍
法 律 顧 問／第一國際法律事務所 余淑杏律師・北辰著作權事務所 蕭雄淋律師
出　　　版／國際學村
發　　　行／台灣廣廈有聲圖書有限公司
　　　　　　地址：新北市235中和區中山路二段359巷7號2樓
　　　　　　電話：（886）2-2225-5777・傳真：（886）2-2225-8052
讀者服務信箱／cs@booknews.com.tw

代理印務・全球總經銷／知遠文化事業有限公司
　　　　　　地址：新北市222深坑區北深路三段155巷25號5樓
　　　　　　電話：（886）2-2664-8800・傳真：（886）2-2664-8801
郵 政 劃 撥／劃撥帳號：18836722
　　　　　　劃撥戶名：知遠文化事業有限公司（※單次購書金額未達1000元，請另付70元郵資。）

■出版日期：2023年12月　　　　ISBN：978-986-454-315-1